深く、濃い闇の中に沈んでいる

前川　裕

Maekawa Yutaka

文芸社文庫

目次

人生の不運

不穏な空気が流れていた。街頭デモが繰り返され、大学構内には政治的スローガンを掲げた立て看が乱立していた。そんな年の秋の暮れのことである。

女が死んだのは、午前零時を少し回ったころだったのかもしれない。私は隣家の明かりがその時刻に消えたのをこの目で確認している。

ほとんど叢《くさむら》と呼んでよいような荒れた造成地の中に、その二つの借家は軒を接するように立っていた。一見、長屋と見間違えるほどだったが、確かにどの部分もつながってはいない。だが、間取りはほとんど同じだ。六畳の畳の部屋に、四畳半の板敷きのキッチン。ただ、唯一の違いは、女の家にはキッチンの横に簡易な風呂場が増設されていたことである。

女の死体が発見された日、大家が私のところにやってきて、薄ら笑いを浮かべながら、隣の家に移り住まないかと訊いてきた。私が以前から、自分の家に風呂場がないことをこぼしていたのを知っていたからである。だが、女はその風呂場で首を吊って死んだのだ。私は、やはり薄ら笑いを浮かべながら、この非常識な申し出を断った。

それから一週間ほど、私は近所の人々から奇妙な注目を浴び続けた。初めにそれを経験したのは、私の家から二十メートルくらい歩いたところにあるラーメン屋に入ったときである。私は、いつもどおりカウンターに座って、味噌ラーメンを注文した。このとき、普段は話しかけてくることなどめったにない無愛想な主人が、突然、口をきいてきたのである。

「どうして死んだの？　あの女の人……」

そのとき、私は複数の視線を前後から感じた。カウンターの奥からは、この主人の女房がチャーシューを切る手を止めて、こちらを見ていた。私は後方にも嫌な気配を感じて、一瞬、振り返って見た。テーブル席に座っていた四人の男性が、ラーメンを啜《すす》りながら、私の背中に視線を這わせている。私はその四人の中に、近くのクリーニング店の店員がいることに気づいた。他の三人は見たことがない連中だ。

「さあ、よく知りませんが……」

私の曖昧な返事に主人は不満顔である。いや、何かを疑っているような、探るような目つきさえしているのだ。

「ほんとに?」

いかにも田舎者らしい、直截《ちょくせつ》で素朴な言い方が、なぜか私を脅えさせた。どうして、私があの女の死について何かを知っていなければならないのか。

確かに私は、空間的には女とひどく近い位置で暮らしてはいた。私が女の家の隣に移り住むようになったのは、二年ほど前のことだ。だから、およそ二年間、私たちは、きわめて密な物理的空間を共有していたことになる。

しかし、私は、その女と口をきいたことなどほとんどないのである。強いて言えば、二度ほど簡単な会話を交わした記憶があるが、果たしてあれを会話と呼ぶことができるかどうか。一度は、私が女の家に引っ越しの挨拶に出かけたときだった。私は独身だったから、どこに住みはじめる場合でも、普通はそういうことはしない。だが、この隣の家だけは、無視するにはあまりにも空間的に近すぎるように思われたのである。

冬の夕暮れ時だったという記憶がある。そうでなくても、あたりは心寂《うら》しい薄暗い場所である。至る所が朽ちかかった木造家屋には不似合いな真新しい呼《よ》び鈴《りん》が、戸口の上で白く浮き出ていた。それを鳴らすと、背の低い髪の長い女が顔を出した。中は薄暗く、女の顔ははっきりしなかった。若い女という印象があった。私は、名前を名乗って挨拶し、挨拶代わりの手拭いの包みを渡したあと、ゴミの置き場などについて質問した。女は低い声で教えてくれたが、その話し方はひどく陰気だ。だが別に、感じが悪いというのでもない。ただ、なにか物悲しく、世間の視線に脅えたような暗い目つきが気になった。

翌朝、駅前近くの商店街で女とすれ違った。女に気づくのに少し時間がかかった。女の顔はまったく違った印象に見えたのである。

女は足を引きずっていた。上背も予想以上に低く、小学校の低学年くらいの感じだった。その足の不自由さは、交通事故などの外因的損傷よりは、内臓的な疾患に起因するものであるように思われた。

顔面には麻痺《まひ》があった。朝の明るい日差しの中で見ると、その顔は奇妙に幼く見えた。だから、実際のところ、女の年齢を言い当てるのは難しかった。二十代の前半、もしくはその後半なのか。だが、その印象には幅があって、まだ二十歳にも達していない可能性すらあった。私は女とすれ違ったとき、視線をそらすのはかえって悪いと思ったから、はっきりと相手を見据えて挨拶した。女は、俯《うつむ》いたまま、微《かす》かに聞こえる程度の声で挨拶の言葉を返してきた。

二度目に女と口をきいたのは、それから一年くらいたった十二月の末である。もちろん、その間、私は何度も女の姿を見ていて、そのつど挨拶の言葉を交わしている。何回か挨拶を交わすうちに、やはり親しみのようなものが出てきた。女も私の顔を見て、俯くことはなくなっていた。ただ、最初に声をかけるのはいつも私のほうだった。そして、女の返事は相変わらず陰気だ。

私が、そのとき、女と口をきくことになったのは、自分の家の鍵を家の前で落としてしまったからである。夜の十一時ごろ帰宅して、定期入れから鍵を出そうとしているうちに、それを落としてしまい、暗闇の中でいくら捜しても見つからない。ふと、隣家を見ると、まだ薄明かりがついている。私は、非常識な時間であることを意識しながらも、懐中電灯を借りるために、やむなくその呼び鈴を鳴らしたのである。玄関の上がり口に女の影が現れた。すぐには戸を開けない。誰なのか、警戒しているのかもしれないと思った。

「夜分すいません。隣の高島ですが」と私は、わざと大声で自分の名を告げた。戸が開いて、女が顔を出す。私はぎょっとした。玄関の天井にぶら下がっている微弱な裸電球の光に照らされた女の顔は、ひどく皺《しわ》が寄っていて、老婆のように見えたのである。

私は、夜遅い訪問を何度も詫びながら、事情を説明して、懐中電灯がないか尋ねた。女は特に迷惑そうな顔もしていなかった。いや、むしろ孤独な夜に不意に訪れた闖入者《ちんにゅうしゃ》を歓迎するような素振りさえ見られた。ただ、それは極端な内向性に抑圧された不器用なはにかみとしてしか表には表れなかった。

驚いたのは、女が懐中電灯をエプロンのポケットから取り出したことである。あらかじめ私の申し出を予想していたかのようだった。私は再び恐縮しながらそれを借りて、自分の家の戸口付近を照らしてみた。最初、私は鍵を戸口の前から、奥の自転車置き場のほうに広がっている叢のどこかに落としたものと思い込んでいた。だが、なかなか見つからない。

私は焦った。女はしばらく何も言わずに、玄関の戸を開けたまま私の背中に視線を投げていた。やがて女は足を引きずりながら、外に出てきた。私と一緒に捜してくれるつもりらしい。私は悪いと思ったので、断ろうとしたが、結局、何も言わなかった。女が足が悪いのを知っていたから、逆に意識過剰になって断れなかったのである。

落とした鍵は、意外にも、玄関の戸口に取りつけられていた網戸の下奥に引っかかっていた。網戸は固定されていたから、玄関の戸と網戸の間の三センチくらいの隙間に手を突っ込んで取り出すか、下にたたき落とすしかない。やってみたが、私の手は大きすぎて途中までしか入らない。「困ったなあ」と私はため息をついた。女は何か言いたそうに私の顔を見ていた。

「何かピンセットのようなものがあるといいんだが……」と私が独り言のように呟《つぶや》いた途端、女は、「これじゃだめ?」と言いながら、懐中電灯が入っていたエプロンのポケットとは反対側についているポケットから、細長い金属の棒を取り出した。片面に細かい凹凸がついていて、鑢《やすり》のようにも見えるが、鑢よりは長い。何に使うものかも、何という名前かも知らない。私は、女が日常的にそんなものを身に付けているのが不思議でならなかった。

だが、ともかく私はその金属の棒を使って、網戸に引っかかっていた鍵を下に落とすことができた。私はほっとしながら、もう一度礼を言い、迷惑をかけたことを詫びた。女は「いいえ」と言いながら、にっこりと笑った。初めて見る笑顔だった。私が玄関を開けて家の中に入ろうとしていたとき、「お休みなさい」という女の声が聞こえた。私は返事をしようとして慌てて振り向いたが、女の家の戸はすでに閉まっていた。女は部屋の中に消えていた。

「あの死体を天井から下ろした警官、近所の知り合いの家で酒を飲ませてもらったらしいぜ。いくら警官だって、そんな仕事、酒の力借りなきゃ無理だったんだろうな」

四人の中の一番年長の男が喋っていた。パンチパーマをかけていて、いかにも品がない中年男だ。それにキョロキョロとよく動く目がひどく意地悪そうに見える。その嗄《しわが》れた大声が私の神経に障《さわ》る。

「首吊りの死体って、すごいんだよね」

クリーニング店の店員が、餃子《ギョーザ》を口にほおばりながら訊いている。餃子と首吊り。嫌な組み合わせだ。背広やYシャツを持っていくとき、私はこの店員とよく顔を合わせた。ぞんざいな口をきき、その接客態度はなっていない。だが、近くにほかのクリーニング店はないので、私は仕方なくその店を利用している。

「ああ、ひでえもんらしいぜ。べろなんか、こんなに長くなっちゃってさあ。それに失禁するっていうからなあ」

「失禁って何?」

「お前知らんのか。オシッコだよ」

聞いていたほかの二人が笑い声をたてた。私は思わずもう一度彼らのほうに振り向いた。クリーニング店の店員は自分の無知を恥じるふうでもなく、おもねるような笑みを浮かべている。中年男は、得意げに鼻を鳴らして、やはり下卑《げび》た笑いを浮かべている。社会の悪意が凝縮されたような男の目がこちらを見た。私は慌てて視線をそらし、体を元の位置に戻した。

不愉快だった。彼らが女の死に同情しないのは勝手だが、その死を貶《おとし》める権利はない。さすがにラーメン屋の女房が迷惑そうな表情を浮かべて、テーブル席のほうを見ていた。だが、主人は無表情に押し黙って、私の味噌ラーメンを作っている。脂っこそうな汁の上に、ドボンドボンと太めの麺を落とすように入れる。それからもやし、その次が切られたばかりのチャーシュー。色が紅色で、あまりうまそうではない。

やや大ぶりなどんぶりが私の目の前に置かれる。それを置くとき、主人は何も言わない。不機嫌で愛想のないラーメン屋のラーメンはうまいと相場が決まっているが、ここのラーメンの味はその原則に反していた。そのときも、昼食時だというのに、客は私も含めて五人だけだった。味噌ラーメンなのに、妙に醤油味を感じるラーメンを啜っていると、不意に主人の手が伸びてきた。新聞を差し出しているのだ。彼の目は、ある箇所を読むように促している。

私は新聞を手に取ってみた。ある大手新聞の東京・多摩《たま》版の紙面。そのページの中の一番下の数行の記事に鉛筆で丸印が付けられている。女の自殺が報じられているのだ。孤独な障害者の死。女は風呂場の電球のコードにロープを結び、首を吊ったらしい。風呂場には、中の錠剤が半分ほどこぼれ落ちた睡眠薬の瓶が転がっていた。まるでテレビドラマで見るような典型的な縊死《いし》の現場ではないか。

「人が一人死んだって、自殺じゃあこんなちっぽけな記事にしかならないんだもんなあ」

主人がしんみりとした調子で言う。

ふと、この主人は見かけよりは、やさしい人間かもしれないと思う。私は大きく頷《うなず》いた。

「あの人、一回だけ、うちにラーメン食べにきたことがあったんだよ。こんなこと言っちゃ悪いけど、あの人、体が不自由だったから、気の毒でね。お金もあまりないみたいだったから、俺、そっとチャーシュー余分に入れてやったんだ」

この主人の言っていることは滑稽《こっけい》といえば滑稽だ。だが、少しも笑えなかった。女の人生の不幸とラーメンの上に置かれる余分なチャーシュー。そのちぐはぐで、不器用な好意。主人の善意は疑うべくもない。だが、その善意は、たぶん、死んだ女に届いたはずはなかった。

新聞に出ていた動機の説明は曖昧だった。

「井田さんは近ごろ体の不調に苦しんでいた」とあるだけである。

だが、自殺の動機は本来曖昧なものなのである。そして、私はむしろ、あの女の場合、特定の具体的な動機を語る必要はなく、漠然とした「人生の不運」という言葉で、その動機が言い尽くされているとさえ感じていた。

テーブル席の四人が勘定を済ませて立ち上がる。クリーニング店の店員が、私の後ろから近づいてきた。

「ねえ、死体発見したっていうの、あんた?」

ひどく馴れ馴れしい言い方だ。なんという無神経な男だろう。私は、その横っ面を張り飛ばしてやりたい衝動に駆られた。

「違うよ。この人じゃないよ。いつもよく訪ねてきてた男だよ。いつもオートバイに乗ってきてた人」

主人が私を庇うかのように言ったのが奇妙だった。私は、もちろん、クリーニング店の店員とは一言も口をきかなかった。

不愉快な連中が姿を消したあと、私はもう一度新聞に目を落とした。突然、全身の筋肉が緊張し、自分の心臓の音が聞こえるように感じた。女の年齢が目に飛び込んできたのだ。井田菊江《いだきくえ》という氏名の横の括弧内にさりげなく記されている数字。(四十五歳)。なんということだ。私の予想をはるかに上回った数字だ。二十代後半の女性を三十代前半と間違えることはあるだろう。あるいは、まだ二十歳に達しない女性を二十代の後半と思ってしまうこともあるだろう。しかし、二十歳以上の年齢の読み違いはいったい何なのだろうか。私は、事実、私の友人たちに女のことを「若い女性」と表現していたのである。

突然、友人の言葉を思い出した。

「へえ、お隣が一人暮らしの若い女性なんて、うらやましいかぎりだねえ」

その友人も私の家に遊びにきたときに、たまたま彼女の歩く姿を目撃してからは、一切、その種の軽口は言わなくなった。だが、「若い女性」であるという私の印象を特には否定しなかったのである。

ラーメン屋で起きたのと似たようなことが、そのあと、しばしばほかの飲食店や銭湯でも起きた。空間的な近さを人間関係の深さと単純に結びつける人は意外に多い。私はその素朴な誤解に苛立った。

私は何度も、女と個人的な付き合いはなかったということを強調しなければならなかったのだ。個人的な付き合いがないどころか、その女の基本的なプロフィールさえ何も知らないのである。だが、不思議なことに、私がそういう説明を繰り返せば繰り返すほど、その話し方が自分でも言い訳がましく感じられてくるのである。そのうちに、私はそういう説明さえせずに、ただ首を横に振ることによって、相手の質問を黙殺するようになってしまった。

私は、女の死体が発見された翌日、葬儀社の中で行なわれた仮通夜に参加した数少ない人間の一人だった。これが、私が女と個人的な付き合いがあったかのような誤解を近所の人々に与えた原因だったのかもしれない。だが、私が仮通夜に出たのは、隣組の班長の立場にある山脇《やまわき》という主婦から頼まれたからにすぎない。変死だったから、周りに住む人々も仮通夜に行きたがらないのだという。

そこで、空間的に一番近い位置にいた私に白羽の矢がたったのだ。私は、よく考えもせずに承諾した。心の片隅に、これだけ近い位置に住んでいるのだからやむを得ないという気持ちもあった。それに考えてみると、死んだ女と私の間には、共通するものがないでもなかった。二人とも、近所から比較的孤立して生活していたという点では似ていたのである。

私は、まだ学生だった。といっても、大学院の学生だったから、歳はそれ相応に食ってはいた。だが、周りは一軒家が多く、居住者は私と死んだ女を除けば、ほとんどが家族もちだったのである。

私と女はある意味では特別扱いされていた。例えば、ゴミの当番などやらなくて済んでいた。別に、無視されていたわけではない。それぞれ別の理由だったが、それは明らかに好意的な処遇と呼べるものだった。

私の場合、必要な連絡事項は山脇がときどき教えにきてくれた。東京といっても、相当田舎のほうで、まだ隣組の風習がけっこう残っているようだった。会合や懇親会の類《たぐい》もあるようで、そのたびに私も声をかけられたが、私は一度も出席しなかった。だが、だからといって、周りから白い目で見られるということもなかった。初めからそういう集まりに出席することは期待されていないようだった。

女のほうも、近所との付き合いがそれほどあったとは思えない。しかし、ときおりは隣組の集まりには出ていたらしい。仮通夜のとき、山脇が私に教えてくれたのである。だから、私よりは近所の人々と口をきく機会が多かったはずである。だが、仮通夜に顔を出したのは、私を含めて三人だけだった。そして、もっと異様だったのは、両親も含めた肉親や親戚が誰一人姿を見せていないことだった。

「青森県の出身なんだそうですが、お父さんはもう何年も前に行方不明になっていて、青森にいるお母さんは脳軟化症がひどいのに、面倒を見る人もいないんで、今、施設の病院に入っているらしいんです。とても、ここに来られる状態じゃなくて、その代わり、明日、叔母さんにあたる人が来ると言ってましたが……」

山脇の言葉を重苦しい気持ちで聞きながら、私は葬儀社の窓から外の闇の中で沛然《はいぜん》と降りしきる雨を眺めていた。絵に描いたような不幸の物語が、こんなに胸を締めつけるのは、実際には誰もそんな不幸にめったに出合わないからなのだろうか。典型的な話は、その現実に起こる頻度においては、けっして典型的ではないのである。

「それにしても、この三人しか来てないなんて、近所の人も少しひどいんじゃない。高島さんなんて、彼女とほとんど関係なかったのに、ただ隣に住んでいたという理由だけで来てくれてるわけでしょ。それなのに、少しは付き合いがあった人もいるのに、私たちだけしか来てないなんてね」

こう話したのは、やはり近くに住む鳴沢《なるさわ》という主婦だった。この主婦は生命保険の外交員をしていたが、ある特異な新興宗教の信者でもあるという噂があった。だが、そういう宗教的信念こそが、この主婦をその場に臆することなく連れてきたのかもしれなかった。

「それは仕方がないんじゃない。死に方がこうだと、やっぱり嫌がる人もいますから」

山脇は元中学校の教師で、責任感の強い、誠実な人柄だった。常識も発達していたので、こういう当たり障りのない返事しかしなかったのだろう。私は、二人の会話のやり取りを聞きながら、ときおり、オートバイに乗って女のところに訪ねてきていた男の顔を思い浮かべていた。

「あの男の人、どうしちゃったのかしら？　ほら、いつもオートバイに乗ってきてた人」

私の思いを言い当てるかのように、鳴沢が訊いた。

「さあ、それは分かりませんけど。あの人とは仕事上の付き合いだって、彼女から聞いたことがあるけど。彼女、生活保護受けてたけど、それでも彫金の腕があって、そのおかげで少しは収入もあったのよね。あの男の人は、彼女が作ったものをお店に卸すみたいな仕事してたみたいですよ」

再び、山脇が答えた。

「チョウキンって、何ですか？」

ここで、私が初めて口を挟む。

「ほら、ネックレスとかブローチなどのアクセサリーを作る仕事よ」

私は、この瞬間、いつか女から長い金属の棒を借りたことを思い出した。あれは確かに、その彫金の細工をするための道具だったのだ。

それから、女の家からかなり頻繁に金づちを打ちつけるような金属音が響いていたことも思い出した。私は、それを家の中の何かを修理する音と思い込んでいたが、今にして思えば、それは彼女が自分の生活の糧として、彫金に精を出していた生活の証の音だったのだ。

私はそれでも三十分程度、その葬儀社の仮通夜の席に残っていた。

驚いたのは、少なくとも私がいる間、ほかに誰も焼香に来なかったことである。私たち三人のほかには、その畳の部屋にいるものは葬儀社の主人と思われる男ただ一人だった。おそらく葬儀屋にしか生まれえなかった思われるほど、完璧に人間的感情を包み隠したその主人の虚無の表情を見つめながら、やがて私は死んだ女のことよりも、一週間前に別れた生駒恭子《いこまきょうこ》のことを考えはじめていた。


生駒恭子とは、ちょうど私がここに住みはじめたころから男女の関係が始まり、二年ほどでその関係は終わった。私のほうが鬱陶しくなったからである。恭子が私と別れるのを嫌がっていたのは知っていた。だが、私はもう潮時だと思っていた。私はどういうわけか、内気で女性としての魅力に乏しい女にはもてた。そして、そういう女にしかもてなかった。

恭子と知り合ったのは、私がアルバイトで教えていた学習塾だった。恭子はある大学の教育学部の学生で、やはりその学習塾に講師として教えに来ていたのである。顔の皮膚がひどく荒れていて、面皰《にきび》や吹き出物が目立つ女だった。頻繁に眼鏡をかけたりはずしたりしていて、容姿を気にしているのが傍目《はため》にも見て取れる。だが、顔の造作で見られなくもなかったのは、人並み以上に大きな目くらいなものだった。そして、その内気さから滲《にじ》み出るように思われる不器用な実直さに、私は妙な不安を覚えた。

恭子は初めから私に関心があるようだった。私が世間的には有名な大学の大学院生であることも、知的なものにあこがれの強い恭子にはプラスの材料だったのかもしれない。恭子は塾では私と同じ英語を教えていたが、学力にはあまり自信がないようだった。それで、授業が始まる前に私によく英語のことで質問してきたのである。

やがて、私の家の近くのアパートで一人暮らしをしていた恭子は、私の家にまでやってくるようになった。あの内気な女がなぜあれほど積極的だったのか、今から考えると不思議である。もっとも、積極的といっても、その言葉の普通の意味とは少し違う。やってくる前に、おきまりの電話があった。おずおずとした声で、「教えて欲しいことがあるんですが……」と言う。声はうわずって、掠れてさえいる。その緊張し切った声を聞いただけで、私は居たたまれないような、ささくれだった気分に陥ってしまう。

だが、私は恭子の訪問を拒むことはなかった。面倒なことになるかもしれないという予感はあったが、同時に私は女に不自由していたのである。恭子が容姿的な意味で魅力のない女性であるのは、かなり客観的な事実であるように思われた。だが、恭子はともかくも若かった。二十代の前半の女性の肉体はやはりそれなりの魅力を備えているのだ。恭子自身、それを意識していたのかもしれない。塾で教えているときと違って、私の家にやってくるときの恭子の服装はかなり大胆だった。

衣服の色彩自体は、くすんでいて垢《あか》ぬけしなかったが、スカートは、その丈が極端に短く、私の家の畳の部屋に座っていると、その肉づきのよすぎる大腿《だいたい》部がむき出しになっている。夏などは、薄いブラウスからブラジャーに覆われた大きすぎる乳房の輪郭がくっきりと透けて見えていた。全体として奇妙にグロテスクな印象があったが、空気の密になった狭い空間の中では、それが瞬時の官能を掻き立てることがあった。

そして、私はある日、恭子と寝た。抱いたとき、私はその顔をできるだけ見ないように努めた記憶がある。面皰や吹き出物の顔が不器用な羞恥で歪むのを見たくなかった。

私が恭子と交わるのは、たいてい昼間であった。私は、当時、修士論文を書いていたから、論文を執筆する夜よりも昼間のほうが暇だったのである。明け方まで論文を書いていて、正午に目覚める。すると、たいてい恭子が来ていて、私のために昼食を作っている。食事が終わったあと、私はほとんど確実に恭子と寝た。必ずしも、義務的にそうしたのではない。毎日、論文を書くだけの生活の中で抑圧された私の生理は、明らかに女を欲していたのだ。

終わったあと、肉の塊のように見える恭子の裸体をベッドの上に眺めやりながら、私はカーテンを開けて外の風景を見る。隣家のキッチンに女の影が見え、話し声が聞こえることがあった。自転車置き場のほうを見ると、大きなオートバイが置かれている。例の男が来ていたのだ。だが、女の室内で、私と恭子の間に起こっているようなことが起こっているとはとても信じられなかった。女の部屋のカーテンは開いていたし、かなり大きな男の声が聞こえていた。

私が別れ話を持ち出したとき、恭子は激しく泣いた。泣きじゃくりながら、「もう少しだけでいいから、一緒にいさせて……」とさえ言った。そのほとんど無防備な子供じみた反応に、私は当惑する。恭子はちょうど大学を卒業するころで、中学校の英語教師になることが決まっていた。だから別れるには、絶好のタイミングのはずだった。

私は、長い時間をかけて、できるだけやさしく恭子を説得した。心にもない歯の浮いたような言葉も口にした。恭子はその言葉の虚偽を本質的には見抜いていたはずだ。だが、それ以上、心に深手の傷を負うまいとする防御反応が働いて、その私の言葉を信じているふりをしているようだった。私は、それに乗じて、とにかく、その場では恭子を説得し、別れることに同意させたのである。

隣の女が自殺するちょうど一週間前、恭子は私の留守中に私の家を訪問したらしかった。私が大学から帰ってくると、網戸のところに置き手紙が挟んであった。私は、すぐに恭子だと直観した。

別れ話を持ち出してから二週間近くがたっていたが、あのまま恭子が引き下がるとは思えなかった。げんに恭子が、「また、あとで連絡するから」と暗い沈んだ口調で別れ際に言った言葉が、私の耳に残っていた。電話ではなく、手紙なのは少し意外だったが、恭子ならそれもあり得る。ともかく、こういう別れ話は、二転三転するのが普通なのだ。文面を見た。ワープロの手紙だった。ということは、恭子が私の留守を見計らって、初めから置き手紙をするつもりで来たのかもしれない。恭子は私が大学に出かける曜日と時間を知っていたのである。

一度、お会いしてお話ができたらと思います。明日の夕方、お暇でしたら私の家においでください。お食事でもいかがでしょうか。

ずいぶん他人行儀な文面である。だが、肉体関係ができたあとでも、恭子は普通は私にこういう口のきき方をした。恭子の口調が乱れたのは、ベッドの中だけである。私は記名がないことに苦笑いした。内気な恭子らしいとも思ったが、逆に強い自己主張とも感じられた。確かに恭子以外にこんな置き手紙をする人間はいないだろう。

私は、もちろん、この誘いには乗らなかった。恭子の家に行けば、また、元の木阿弥になることは知れていた。最初は、完全に無視しようと思った。だが、思い直して、返事だけは書くことにした。もっとも、返事といっても恭子の置き手紙の下の空白に、一行だけ書き加えたのである。

残念ながら、お伺いできません。今後も、無理だと思います。

できるだけ冷たい文面にした。それが恭子のためだと思う。そして、その手紙を折りたたむと再び、網戸のところに挟んだ。きっと恭子がもう一度訪ねてくるに違いないという予感があった。そうしたら、確実に私の返事を読むはずである。私は、翌日から五日間ほど千葉の実家に帰ることになっていた。だから、二、三日中に恭子が訪ねてくるにしても、好都合なことに私は留守なのである。

　実家から戻ってくると、置き手紙は消えていた。目論見どおりだった。やはり、恭子は留守中に訪ねてきたのだ。そして、置き手紙がなくなっている以上、恭子は間違いなく、私の返事を読んだはずである。私はほっとするのを感じた。これで恭子とは完全に別れられるような気がしたのである。


　家の外で、数人の男女が言い争う声で目覚めた。最初は夢の中の声のようにも感じた。だが、私がはっきりと目覚めたあとでも、その声は確かに聞こえていた。

「だから、言ってるだろ。私は、あの人とはただ仕事上の付き合いしかなかったって」

　男の気色ばんだ声が聞こえる。私は、ベッドから起き上がり、キッチンの窓の付近まで行って外を眺めた。朝の光はなかった。黒い空に銀白色《ぎんはくしょく》の小雨が舞っていた。

例のオートバイの男が隣家の庭で詰問されていた。男を取り囲むようにして三人の女がいる。鳴沢という主婦の顔が最初に目についた。薄い朱色に染めた髪が強風で逆立っている。それから、班長の山脇、それに一度も見たことがない六十くらいの女が一人、山脇の後ろから男を見据えている。鳴沢の甲高い声が聞こえる。

「じゃあ、お金のことはどうなの？　あなた、彼女からずいぶんお金借りてたっていうじゃないの」

「何言ってるんだ。あれは、商売上のお金のやり取りの問題で、借金なんかじゃないよ。あんたらに説明したって分からんだろうが、小売店のほうが彼女の作った品物を突き返してくることがあってさあ。それで俺としても労賃の全額を彼女に払うわけにはいかなくなって……」

「おかしいわよ。私が彼女から聞いてた話とはぜんぜん違うのよ」

鳴沢がずけっと言う。山脇が手で制しているのが見えた。

「鳴沢さん、もうよしましょ。それにこういうことは、こちらの叔母さんとも相談したほうがいいし」

もう一人の女は死んだ女の叔母なのか。山脇の言葉を聞いて、その女は恥じらうように頭を下げた。

男と女たちの間で、なおもいくつかの会話のやり取りが続いたようだったが、男がオートバイに乗ろうとして自転車置き場のほうへ移動したため、部屋の中からは会話の内容はよく聞き取れなくなった。エンジンのかかる音がした。やがて、オートバイの走り去る音が響き渡った。それから、女たちが外で話し合う声。鳴沢の声ばかりが妙にはっきりと聞こえる。ときおり、低い声で答える山脇の声が微かに聞こえた。

隣家の玄関が閉まる音がした。女の叔母らしき人物が中に入ったらしい。この数日間、死んだ女の部屋に泊まり込んで、荷物の整理をしているようだ。

突然、玄関のガラス戸を誰かが叩いた。慌てて着替えて、顔を出すと、鳴沢と山脇が立っている。鳴沢が愛想のいい作り笑顔をしながら言った。

「高島さん、朝早くから悪いんだけど、ちょっと相談に乗ってもらいたいことがあるの。今、いいかしら？」

頷くほかはなかった。私は二人をテーブルのあるキッチンのほうに通した。

「あら、やっぱり男所帯ね。食器、あとで洗ってあげるわよ」

流しに積み上げられた汚れた食器を見ながら、鳴沢がざっくばらんな調子で言う。初めての家なのに、まったく臆した様子もなかった。さすがに山脇は遠慮がちに、視線を床の上に落としている。

「亡くなった井田さんのことなんだけど、なんだか変なのよね。ほら、さっき私たちが庭で話していた人。いつもオートバイに乗って彼女を訪ねてきてた男よ。名前は村櫛《むらくし》っていうらしいんだけど」

テーブルの椅子を引いて座りながら、鳴沢が単刀直入に切り出した。私がなんとなく予想していた話ではあった。だが、本能的な警戒心が働いて、私は故意に不意を突かれたような表情をしてみせた。

「変って、何が変なんです？」

「なんだか胡散臭いっていうことよ。あの人、彼女からずいぶんお金借りてたみたいなのよ」

「へえ〜。いくらくらい借りてたんですか？」

　意味のない質問だった。しかし、こういう質問は、危険な位相にある自分の立場を微妙に中立の方向にずらすことができるのだ。

「具体的な金額はちょっと分からないけど……。でも、これ彼女から直接聞いた話なのよ。じつはね。通夜の夜、山脇さんが彼女と村櫛っていう人の関係、仕事上の付き合いだって言ってたでしょ。あのとき、私、もっと詳しいこと知ってたんだけど、あんな席で言うのもなんだと思ったから、黙ってたのよ。あの二人、ただの仕事上の関係じゃなかったみたいよ」

「恋人どうしだったってこと？」

　山脇がいかにも遠慮がちに訊く。

「ううん、そういうのでもなかったのよね。分かるじゃない。彼女、あの体よ。自分でも言ってたけど、恋愛なんて、もうあきらめていたのよ。でも、やっぱり寂しかったみたいで、話し相手が欲しかったのよ。その気持ちを、あの男が利用してたんじゃないかしら。初めのうちは、彫金の労賃の一部を少しくすねる程度のことだったみたいだけど、だんだん彼女に借金を申し込むことが多くなったのよ。それも絶対に返すことがない借金よ」

「そのことについて、井田さんがあなたに不満でも言っていたと……」

今度は私が訊く。死んだ女の名前を口にしたとき、私は妙な気分になった。その名前を他人に対して口にするのは、それが初めてだったのだ。

「それがそうでもなかったのよね。なんだか不思議な言い方だったわ。お金を貸している事実は認めてたけど、特に相手を非難しているという感じもなかったのよ。でも、考えてもみてよ。井田さん自身の生活も、ひどく苦しいのよ。それこそ生活保護と彫金でかつかつに貯めたお金を持っていかれてるのよ。それでも、文句言えなかったのは、よっぽど寂しくて、あの男が寄りつかなくなるのをとても恐れていたからだと思うの。こんなこと言っちゃ悪いけど、この近所の人って、わりに冷たいじゃない」

私は、この鳴沢という主婦の近所での評判もそれとなく知っていた。

夫は自動車教習所の指導員だったが、夫婦仲はあまり良くないという噂があった。それに、強引な保険の勧誘と、新興宗教への誘いで、近所の評判も芳しくないようだった。あるいは、周りとあまり接触のない私の耳にもそういう噂が聞こえていることを考えると、近所の人々の彼女への批判は相当強いのかもしれない。

「でもね、私はできるだけ彼女と話すようにしたわ。自分で言うのも変だけど、あれはやっぱり信仰の力よ。ほっとけなかったの。だから、彼女もけっこう私には気を許してたみたい。井田さん、体が悪かったせいか、すごく敏感で傷つきやすかったの。よく、近所の人が挨拶もしてくれないってこぼしてたわ。でも、本人の目の前で言うのもなんだけど、高島さんには好意持ってたみたいよ。いつ会っても、ちゃんと挨拶してくれるってよく言ってたわ」

「そんなこと言ったら、高島さんに悪いわよ」

私の当惑気味の顔を見て、山脇がとりなすように言う。

「いいじゃない。いいことなんだから。彼女、中学校しか出てないけど、すごい文学少女で、本なんかたくさん読んでたみたい。だから、知的な憧れが強くって、高島さんなんかにも、憧れてたんじゃないかしら。大家さんから、高島さんが大学院でイギリス文学を研究しているって聞いてたから、彼女も高島さんなんかと文学の話でもしたかったんじゃないの。でも、彼女から見たら、高島さんなんて、ぜんぜん別世界の人で、雲の上の人だったのよね。それは私から見てもそうだけど……」

そう言うと、鳴沢は快活に笑った。だが、私も山脇も黙ったままである。山脇は居たたまれないといった様子で、テーブルの上に人指し指で模様を書く仕草をしている。鳴沢は私たちの様子などまったく意に解さず、喋り続ける。

「井田さんみたいな人って、ほんのちょっとしたことが気になるし、嬉しいのよ。人が挨拶してくれるなんてこと、隣に住んでりゃ当たり前みたいなものでしょ。でも、ああ孤独になっちゃうと、それだけでも感動しちゃうの。そんな孤独なときに近づいてきたのが、村櫛よ。でも、これ言うと、死んだ井田さんがますます気の毒になるけど、その動機は不純だった気がするのよ」

「それは分からないわよ。ただ、本当に親切な気持ちから、そうしてたってこともあるんじゃないの」

山脇がたまりかねたように口を挟んだ。暗に鳴沢の憶測を批判する口吻があった。

「そんなこと絶対ないって。もちろん、井田さんがどこまで気づいていたか分からない。でもね、常識から考えて、あんな男が真剣に身体障害者の面倒見ると思う? 村櫛って人、言っちゃなんだけど、ちょっとやくざっぽくって、教養なんかぜんぜんなさそうでしょ。井田さんが好きだった文学や宗教の話に関心があるとはとても思えないわ。それなのに、あの男、しきりに彼女に近づいてたのよ。これ、やっぱり変よ。ねえ、高島さん。どう思う?」

私は返事に詰まった。確かに、変といえば変である。だが、それを認めることは、死んだ井田菊江に対する冒涜《ぼうとく》になるのではないかという倫理感が働いて、私は中立的な言葉を選び出すのに必死になった。

「さあ、それはちょっと僕には分かりませんけど……。だいいち、その村櫛って男の人と話したのは、あの人が死体を発見して、警察に連絡するために僕の家に電話を借りにきた日が初めてでしたから」

「ねえ、高島さん。私、そこのところが詳しく聞きたいの。私、井田さんの死因にも少し疑問があるのよ。ひょっとしたらあの男が……」

「鳴沢さん、いけないわよ。そんな証拠もないこと言うの」

鳴沢の言葉を遮った山脇の言葉は、真剣そのものだった。だが、鳴沢は動じない。

「いいの。言わせてよ。これは重大なことよ。人が一人死んだのよ。もし、井田さんが、みんなが考えているのとは違う理由で死んだんだったら、彼女の霊が浮かばれないじゃない。やっぱり、成仏させてあげるのが生き残った私たちの務めでしょ。それには、真相を解明する必要があるのよ。はっきり言うけど、私、あの男にすごい疑惑持ってるの。だから、いろいろ調べるつもりよ」

「でも、警察はもう自殺って断定したんでしょ」

山脇が再び言う。だが、その声には力がなかった。

「そんなこと分からないわよ。新聞には自殺って書いてあったけど、警察は疑惑を持ってても、なかなか外にはほんとのこと言わないものよ。それで、高島さんに訊きたいんだけど、あの男があなたの家に電話を借りにきたとき、どんな様子だったの？」

「そりゃあ、もちろん、動転してましたよ。あれは、朝の七時ごろだったから、僕はまだ寝ていました。ものすごい勢いで、玄関のガラス戸をノックする人がいるんで、驚いて出てみたら彼だったわけです。いきなり、理由も言わず、電話貸してくれって言って、上がり込んできて、僕の部屋の電話を使って、警察に通報したんです。電話してる最中も、息をはあはあ言わせてましたよ。その電話の内容を聞いているうちに、僕も真っ青になっちゃって……」

「でも、それも変だと思わない？　なぜ、高島さんのとこまでわざわざ電話借りにきたのかしら？　もちろん、井田さんの家にも電話は付いてるのよ。そこから、かければいいことじゃない」

「そんなこと言ったって無理よ。首吊り死体のある家で電話するなんて、普通の人の感覚じゃあちょっと無理ですよ。やっぱり気味が悪いわよ」

　再び山脇が男を庇うように言う。

「そうかしら。でも、電話は風呂場から一番離れた畳の部屋にあったのよ。別に死体見なくたってかけられるわよ」

「いえ、そうじゃなくって……」と今度は私が口を挟む。

「警察に電話したあと、あの人自身が僕に向かって言ったことですが、玄関の鍵はかかっていたんだそうです。彼、前の晩からオートバイ預けていて、その日の朝、取りにきたんだそうです。そのまま乗っていってもよかったんだけど、お礼を言うために、一言だけ声をかけようと思って玄関の呼び鈴を押したんだけど、応答がない。それでなんとなく虫が知らせて、風呂場の前まで回っていったら、外から戸が開けられて、死体を発見したらしいんです」

「なんだか、不自然ねえ。朝、七時って言ったでしょ。普通なら、呼び鈴なんか鳴らさないと思うわよ。相手は、まだ寝てるかもしれない時間帯でしょ。それに、呼び鈴鳴らして応答がなければ、まだ寝てるって考えるのが普通じゃない。わざわざ風呂場のほうまで回って、外から戸を開けるなんてするかしら?」

今度は誰も返事をしない。鳴沢の話を聞いているうちに、鳴沢の疑惑が、私にも山脇にも伝染したかのように感じられて、私自身得体の知れない不安の影に脅えはじめていた。

「ねえ、あの人、初めから死体があるの知ってたんじゃないの」

鳴沢は不意にそう言うと、妙に暗い目つきになって、山脇と私の顔を交互に見比べた。私も山脇も凍りついたようにぞっとして、黙りこくったままである。

「そう考えると、高島さんのとこに電話借りにきたのも、わざとらしくない?自分が動転して、慌てふためいているところ、見せたかったんじゃないの?そのほうが信憑性があるもの。偶然死体を発見したって、証言してくれる人が欲しかったんじゃない?」

「でも、玄関は閉まってたんでしょ?だったら、やっぱり電話は高島さんのところで借りるしか……」

山脇はなおも信じられないというように反駁《はんばく》する。確かに、私のところに電話を借りにきたのは、鳴沢が言うほど不自然なことには、私にも思われない。

「玄関の戸が閉まってたかどうかなんて、彼が言ってるだけで、ほんとかどうか分かりゃしないわよ。でも、それはまあ、そんなに大きな問題じゃないの。問題は、死に方よ。みんな新聞読んだでしょ。足の悪い井田さんが、天井の電球のコードにロープかけて、それで首を吊ったっていうんでしょ。井田さん、普通の人より運動能力が極端に低いんだから、ほんとにそんなことできたのかしら？」

「確かに、どうやってロープを電球のコードに結んだんだろうなあ」

今度は私が呟くように言った。それは確かに、女の身長を考えると不自然な気がした。

「そこなのよ。例えば、浴槽の縁に乗って、うまくバランス取って天井にロープをつなぐなんて、彼女には絶対無理よ。だとしたら、補助として椅子を使ったと考えるのが一番自然なんだけど、椅子のことなんか一行も新聞には出てなかったでしょ」

「しかし、椅子のことが新聞記事に出ていなかったからって、そこに椅子がなかったとも言えないでしょ。なにしろ、短い記事だったから、あまり細かな事実は書かれていないから」

　私が言うと、鳴沢は特に反駁もせず、軽く頷いた。

「それはそうよ。だから、確かめる必要があると思うの。私、死体下ろしたっていう駅前の駐在の巡査知ってるから、世間話でもして、それとなく訊いてみようと思うの。それから、やっぱり現場見てみたいの。あの風呂場よ。もし椅子を使わなかったら、彼女の身長で、天井の電球のコードにロープかけるのが可能かどうか。ねえ、今、彼女の叔母さんが中にいるから、みんなで行って見てみない？」

「そんなこと……。みんなで行くなんて不自然よ。私と鳴沢さんはなんとか理由付けられるかもしれないけど、高島さんまでがついていくのやっぱりおかしいもの。まさか本当のこと言うわけにもいかないしね」

　山脇の言い方は、私を庇ってくれているようにも取れるし、そもそもそんなことをするのが気乗りしないようにも取れる。だがこのとき、私の心に突然、現場を見てみたいという強い衝動が湧き起こった。鳴沢の疑惑はともかく、女の死の真相に近づいてみるのも、かつての隣人に対する供養かもしれないと思ったのである。

「いや、僕も口実がないわけじゃないんです。じつは、ここの大家さんから、隣に風呂が付いてるから引っ越さないかって、誘われてるんです」

「まあ、非常識なこと言う大家さんねえ。もちろん、高島さん、隣に引っ越す気なんてないんでしょ」

鳴沢が呆《あき》れ返ったように言う。だが、別に悪い大家ではない。ただ、素朴で気がきかないだけなのだ。それに、大家の立場になって考えれば、首吊り自殺者を出した借家をどうやって人に貸すかは、確かに深刻極まりない難題だったはずだから、その非常識な申し出をいちがいには非難できないのである。

「もちろん、そんな気はありませんけど、ただ、家の中を見せてもらう口実にはなるでしょ。もちろん、風呂場以外はみんな同じなんだから、風呂場だけ見ればいいことになるし……」

「それは名案よ。それなら、ちっとも不自然じゃないわ。私、今から隣に行って、井田さんの叔母さんに話してくるわ」

鳴沢がこう言った途端、山脇が意外な面持ちで私のほうを見るのを感じた。私を非難しているというよりは、ことの意外な展開に面食らっているという感じなのかもしれない。とにかく、私がこの件で、そんなに積極的になったのが解せなかったのは確かだろう。だが、山脇も私が言い出したことだったからか、今度は特に反対もしなかった。

鳴沢の声がして、中から風呂場の戸が開いた。鳴沢が井田菊江の叔母にどのように説明したかは分からない。だが、鳴沢が玄関から入って、ものの二、三分もたたないうちに風呂場の戸が開いたのである。私と山脇は一瞬、外に立ち尽くしたままである。中はまるで夕闇のように薄暗い。鳴沢の目が中に入るように促している。山脇は躊躇したまま動かない。私は仕方なく、突っ掛けていたサンダルを脱いで中に入った。やがて、山脇もあきらめたかのように靴を脱いで、私のあとに続いた。

鳴沢がキッチンに接している柱の上にあるスイッチを押すと、天井にぶら下がった電球の明かりが灯《とも》って、室内の様子が鮮明に浮かび上がった。板敷きの床には、いくぶん不調和に見えるプラスチック製の浴槽があるだけで、全体が異様にがらんとした印象を受ける。小さな窓が北向きに一つだけついているが、日当たりはひどく悪そうだ。風呂は普通のガス風呂である。

点火装置のあるステンレスの部分がピカピカと光っている。浴槽そのものもよく磨かれていて、非常に清潔な印象を受ける。女の死後、誰かが掃除したのかもしれない。だが、生前の女が几帳面で清潔好きだったことも確かであるように思われた。私は、夏に女がよく庭で草むしりをしていた姿を不意に思い出した。その小さな庭は私の家と共有しているといっていいような空間だったが、女は明らかに私の責任分担だと思われる草まで取ってくれていた。

ここで女が死んだのだと思うと、やはり薄気味が悪かった。同情心と恐怖心は別ものである。室内には、いわば無気質な死臭とも呼ぶべきものが漂っているように思われた。

私は一瞬、火葬炉の中で燃え上がる女の骨を思い浮かべた。それから、帷子《かたびら》を着て、三途の川を渡る女の、老婆のような幼児のような顔。その左手に、私がいつか借りた鑢のような金属の棒が握られている。その棒が思い浮かんだとき、ある奇怪な想念が閃き、私はぎょっとする。

女はまだ、生きたかったのだ。左手に握られた金属棒は、女の生への執着の証なのだ。女は、自分の境遇とはあまりにも掛け離れた若く華やいだ女性たちの体に収まることになるネックレスやイヤリングを作り続けたかったのではないか。その仕事は女と現実の世界をつなぎ留める唯一の接点だったのだ。そして、その接点にいたのが村櫛という男である。村櫛によってのみ、女は現実の世界に辛うじてつなぎ留められていた。しかし、ある日、村櫛はなんらかの理由で、その線を故意に切断したのではないか。

「これじゃあ、やっぱり椅子が必要なんじゃない」

最初に言葉を発したのは、やはり鳴沢だった。特に押し殺した声でもない。私は、その声が隣接する部屋にいるはずの井田菊江の叔母に聞こえることを恐れた。だが、ちょうどそのとき、外の雨脚が強まって、鳴沢の声は雨が浴室の屋根を打つ音にかき消されたように思われた。

「でも、ここに足を乗せたらどうなの」

山脇が点火装置の部分を指さしながら押し殺した声で言う。確かにその部分だけはかなり幅があるから、極端に幅の狭い浴槽の縁に立って、電球のソケットが天井と接続している鼠蹊部《そけいぶ》にロープを結ぶよりは、容易に見える。

だが、電球は点火装置の真上にあったわけではなく、その対角線上にあったから、身長の低い女がそこに立ってロープをつなぐのは難しい。やはり、浴槽の中に丈の高い椅子を持ち込むのが自然である。増設された浴室のせいか、天井の位置はかなり低いから、電球の真下に椅子を置けば女の身長でもロープを電球のソケットの鼠蹊部につなぐのは可能だ。

「電球はあそこよ。彼女の身長じゃちょっと無理なんじゃない」

再び鳴沢が言った。山脇も私も頷くしかなかった。

翌日、鳴沢が私に電話してきて、死体を下ろした駐在の巡査から聞いた話を報告してきた。その巡査の話では、椅子など初めから現場にはなかったという。ただ、自殺であるのは彼にはまったく自明に見えたらしい。室内には外部から誰かが侵入したあともなく、しかも、中から錠剤のこぼれ落ちた睡眠薬の瓶が、絶命した女の足もとに転がっていた。しかし、巡査がそれを自殺としか思わなかったのは、そういう現場の状況もさることながら、やはり、日ごろから井田菊江のことを多少とも知っていたことが大きい。

当時、政治の季節は未だに終わってはいなかった。過激派のあぶり出しを目的にした、ローラー作戦と称する巡回訪問が、アパートや賃貸物件を中心に、警察によって頻繁に行なわれていたのだ。その一環として、その巡査は、以前に巡回訪問で菊江の家にも立ち寄ったことがあり、相手が障害者の一人暮らしであるため、それ以降も、それとなく気を遣って、何度か女の家に顔を出していた。

そして、取り留めのない世間話を仕掛けてみたものの、女の暗い反応が気になってならなかったのだ。巡査の目からは、不幸な運命に打ちのめされているように見えた女が、いつ自殺してもおかしくないように思われたのである。だから巡査は、女がどうやってロープを天井に結ぶことができたか、考えてもみなかったのだろう。

だが、事件は意外な展開を見せた。それからさらに一週間後のある日の午後、山脇が一人で私の家を訪ねてきたのである。鳴沢が一緒でないのが不思議な気がした。山脇は玄関の前で口ごもり、重要な話があるから、中に入れてもらえないかと遠慮がちに言う。私たちは以前と同じように、キッチンのテーブルに対座して話した。

「高島さん。私、なんだか怖くって」

私は、山脇が村櫛のことを仄《ほの》めかしているものと思った。確かに、村櫛という男にはどことなく人の不安を掻《か》き立てるような得体の知れない雰囲気がある。人相もよくない。

「あの男のことでしょ。そりゃあ、僕だって、あの人と初めて会ったときは……」

こう言ったとき、山脇が首を横に振っているのに気づく。

「違うの。鳴沢さんのことなの」

私は体が硬直するのを感じた。理由は不明だったが、なぜか、ぞっとしたのである。

「鳴沢さんが、どうかしたんですか？」

私は平静を装って言ったが、その声は震えを帯びているようにさえ感じられる。

「変だと思わない？　この件のことで熱心すぎると思うんですよ。わざと私たちがあの男のことを疑うように仕向けてるみたいで……」

そう言われてみれば、そういう気がしないでもない。だが、同時に状況証拠的には、村櫛を疑う気持ちが湧き起こるのも無理はないと思う。

「村櫛という人に怪しい点があることも事実だと思うんですけど」

「でもね、高島さん。それを言うなら、鳴沢さんにだって同じくらい疑わしいことがあるのよ」

私の脳裏に深く、濃い闇が広がった。だが、それにも色域はある。その不鮮明な濃淡のなかに、私自身の脅えた影がぼんやりと浮かぶ。心臓の鼓動が強く打ちはじめた。

山脇の話によれば、鳴沢自身が菊江から借金をしていたのだという。数ヵ月前、菊江は鳴沢に五十万ほど用立てたのだが、一向に返してもらえず、困り果てていた。そして、その死の一週間ほど前、菊江はこのことで山脇のところに相談に来たのである。自分自身の生活もひどく苦しいのに、いざというときのために昔から貯めてあった預金を下ろして、貸してしまったのだ。

日ごろ、鳴沢の世話になっていた菊江は、ある種の引け目を感じていたのかもしれない。本当なら生命保険にでも入って恩返しすべきだったのだが、体の悪い菊江が審査に通るのは難しく、これも叶《かな》わない。それで、鳴沢の金の無心を断り切れなかったのだろうと、山脇は推測した。

「生命保険の外交員してると、成績が上がらない月なんか、自分でかぶることもしちゃうんですってね。名前だけ知り合いから借りて、実際には掛け金は自分で払うのよね。鳴沢さん、これを相当やっていて、それですごくお金が苦しくなったって井田さんに言ったんですって。それで、井田さん、同情して……」

「それにしても、五十万は多いですねえ」

「高島さんもやっぱりそう思う？　これ言うと悪いけど、鳴沢さん、必ずしも保険のことだけでお金がかかっていたわけじゃないみたい。派手な性格なんですよ。欲しいものがあると、すぐ買っちゃうみたい。ローンで買うから、あとで困ることになるのよね」

「じゃあ、井田さんは、村櫛という人と鳴沢さんの二人からお金借りられちゃってたわけですか？」

「う～ん、そこのとこが微妙なんだけど……」

山脇は、村櫛の借金について菊江から何も聞いていなかった。鳴沢は聞いたというのだが、その真偽は分明ではない。だが、菊江が鳴沢の借金のことで山脇のところに相談に来たとき、菊江は本当に困っていて、食費にも事欠く様子だった。それで、山脇は一万円だけ菊江に貸した。すると、翌日にもう返しにきたのだという。菊江は人に迷惑をかけるのを極端に嫌う性質だった。

「彼女が無理して返しにきたんじゃないかと思って、私、しばらく返さなくても構わないのよって、言ってあげたんです。そしたら、彼女、すごく嬉しそうに、村櫛さんから彫金のお金が入ったから、もう大丈夫だって言って。その言い方は嘘じゃなくって、本当みたいだったから、私、村櫛って人がそんなに目茶苦茶な人だとは思えないの」

私は、ここで村櫛の風貌を思い浮かべる。三十代半ばの、一見、労働者風。やや小太りで、ほとんど手入れをしていないように見える、天然パーマのかかったちぢれ毛が印象に残っている。話したとき、微かに訛《なまり》を感じた記憶がある。

「性格的にはどんな人なんですか。僕は、井田さんの死体が発見された日に一回話したことがあるだけですから、よく分からないんですけど」

「そうね。もちろん、私だって、そんなに親しく話したことがあるわけじゃないから、よく分からないけど、井田さんの家で何回か鉢合わせになって、挨拶くらいはする関係だったんです。言葉遣いなんかあまりよくなくて、その意味では少し柄の悪い人って感じはあるけど、本質的な人柄は案外いいって感じはしましたよ。いつか、井田さんのいないところで、私に向かって真顔で、『あれのことよろしくお願いします。かわいそうな女なんだ』なんて言ってましたもの。その言い方、すごく真剣で、別に演技にも見えなかったわ」

「じゃあ、鳴沢さんが村櫛って男のこと、変に悪く言うのは、自分の借金が後ろめたいってこともあるんですかねえ」

「後ろめたいってことだけなら、そんなに気味が悪くはないんですけど……」

山脇がここで言葉を切ったとき、私は再び、ぞっとした。もちろん、山脇の考えていることは想像がついていたが、私がそれを聞くことは、このうえもなく危険で、決定的な位置に身を置くことになると思われたのである。


だが、山脇は私の思惑とは別に、喋り続けた。

井田菊江の死体が発見される前日の午後三時ごろ、山脇は駅前で鳴沢と菊江の姿を見かけている。二人とも山脇に気づいているようには見えず、山脇に背中を向けて駅前商店街のほうへ歩いていた。だが、距離的には五、六メートルくらいしか離れていなかった上、人通りの少ない時間帯だったから、二人の会話が断片的に聞こえたのである。

もっとも、菊江は小声で喋っていたので、彼女の言うことはほとんど聞き取れなかった。だが、鳴沢の言っていることはかなり分かった。気になるのは、その会話の中で鳴沢が、「今晩、十時ごろ、必ずお宅に伺うから」と、二度ほど言ったのがはっきりと聞こえたことである。山脇は郵便局に用があったから、二人の後ろを歩いていたのは、ほんの数十秒のことで、声もかけなかったのだが、思い返してみると、「今晩」というのは、菊江が死んだ晩のことではないのか。

「それで、井田さんが死んだあと、鳴沢さんは、その晩、井田さんに会ったって、あなたに言ったんですか?」

私の問いに、山脇は脅えたように首を横に振った。その顔は青ざめている。

「それどころか、最近、一週間くらい会っていないから驚いちゃったなんて、鳴沢さん、言ってたんですよ。それ、最初に聞いたとき、私は駅前の通りで二人の会話を聞いたことなんか忘れてたから、何も感じなかったけど、あまり鳴沢さんがしつこく村櫛さんのこと攻撃するんで、かえって妙な気持ちになって、ふっとあの会話を思い出したんです」

「しかし、もし鳴沢さんがその晩の十時ごろ、井田さんに会いにきたとすれば、何の用があったんでしょうか？」

「やっぱり、借金のことじゃないかしら。井田さん、お金返して欲しかったのは間違いないわ。それで、その日、つまり、私があの二人を駅前で見たとき、ついに話を切り出したと思うの。鳴沢さんのほうも、返すって言わざるを得なくなっちゃって、その晩の十時に返しにいくって、返事しちゃったんじゃないかしら。返す当てがあったかどうかは別ですけど。ねえ、高島さん。私、これ、訊いてみたかったんだけど、あの晩、あなたここにいらしたんですか？」

私は押し黙った。もちろん山脇は、私が在宅していれば隣の様子がある程度分かったはずだから、そう訊いたのだろうが、私は得体の知れない不快な気分に駆られた。

山脇の、返事を促すような目が私を見ている。山脇が私に訊いていたことをもう一度心の中で反芻《はんすう》した。――あのとき、私がこの家に在宅していたかどうか――。そう、それなら私は確かにあのとき、自分の部屋から女の部屋の明かりが消えるのを見ていたはずである。

「あの晩は、ちょうどゼミのコンパがあって、都心で飲んできましたから、帰ってきたのはたぶん、十一時近くでしたねえ。でも、僕が帰ってきたとき、確かに隣の家にはまだ電気が灯っていました。それが消えるのを、僕は家の中から十二時ごろ見ましたから、少なくとも、井田さんは午前零時ごろまでは生きていたと言えるはずですけど……」

「そうとも言えないわ」

山脇は奇妙に断定的に言い放った。それから、ふっと視線をそらし、窓の外を見た。晩秋の淡い午後の日差しが、山脇の痩せてくぼんだ頬の輪郭を映し出している。

「その明かりを消した人って、本当に井田さんだったのかしら。高島さんは十一時ごろ帰宅なさったのでしょ。それなら、鳴沢さんが仮に夜の十時に井田さんのところへ訪ねてきたって、分からなかったはずよ。もちろん、これは仮説よ。でも、村櫛さんを疑うよりは信憑性があると思うの。私、鳴沢さんが計画的に何かをしたとは思わない。その夜、井田さんのとこへ行くなんて道端で大声で言ってるんだから。鳴沢さん、借金のことで、井田さんをうまく口で丸め込めると思って行ったんじゃないかしら。でも、今度は井田さんも必死だった。それで、話がもつれて、鳴沢さん、もうどうしようもなくなっちゃって……」

「山脇さん、そんなこと言っちゃまずいですよ。山脇さん自身が、鳴沢さんの憶測を戒めてたじゃないですか」

私は慌てていた。こうなる予感はあったのに、そしてその予感に脅えて、警戒を怠らなかったのに、いつの間にかもう引き返すことが許されない狭隘《きょうあい》な山道に連れ込まれたかのような気分なのだ。

「でもねえ、これは必ずしも憶測だけじゃないの。最初は、鳴沢さんが、あんまり椅子のことにこだわるのが不思議だったのよねえ。それで、私、ふと恐ろしい想像が湧いたの。鳴沢さんが椅子のことを考えることができたのは、実際に現場でそれがあるのを見たからじゃないかって。もっと言えば、自分自身が椅子を使ったのかもしれないって。そういうことでもなければ、普通はそんなこと考えつかないと思うの」

私の脳裏で、白い画面が音声を失った無言劇を映し出している。画面の中央に井田菊江の顔。その七面鳥のように細い首にかかっているロープを引っ張る手が右端に見える。やがて、その手の持ち主の顔が大写《アップ》しで浮かぶ。鳴沢だ。鬼のような形相で、絞め続けている。画面が乱れて、睡眠薬の錠剤を死体の口から無理やり押し込もうとしている鳴沢の顔が断片的に映し出される。やがて井田と鳴沢の表情が闇の空間にフラッシュバックのように、交互に浮かんでは消えた。

「それに、私、大変なもの見ちゃったんです」

山脇は話し続ける。細く、掠れがちな声だ。ゆっくりと記憶の井戸を掘り起こすように、抑揚のないリズムが鳴沢犯行説の核心を刻んでいくように思えた。

菊江の死体が発見された日、山脇が事件を知らせに鳴沢の家に出かけた。鳴沢は会社に出かける直前で、外出着に着替えて玄関先に現れた。その鳴沢の首に菊江から何度も見せてもらったことのあるネックレスがかかっているのを山脇は見た。それは菊江自身が作ったゴールドのネックレスだった。菊江はそれをたいそう気に入っていて、いったん、小売店に卸したものの、自己負担で買い戻したと本人が語っていたのを山脇は記憶している。

「だから、そんなことまでして取り戻したお気に入りのネックレスを彼女が人にあげたり、売ったりすることなんか、ないと思うのよね。それに、何よりも変だったのは、鳴沢さんが玄関に出てきて、私が興奮して井田さんの死んだことを言いはじめたら、鳴沢さん、少し慌てたような顔をして、『ちょっと、待ってね』って言って奥へ引っ込んで、戻ってきたときは、首からそのネックレスがはずされてたんです」

おかしなことはまだあった。そのあと、二人が菊江の家へ駆けつけたとき、庭先で刑事らしい人物から事情を訊かれたのだが、このときも鳴沢の反応は、山脇には少し奇異に見えた。刑事の質問は近所に住んでいる人に対する通り一遍のものに過ぎなかったのに、鳴沢の答え方は、妙に肩に力が入っている感じで、まるで菊江がいつ自殺してもおかしくなかったと言わんばかりの口調だったのである。

「鬱病《うつびょう》だったなんて言い方してましたもの。だから、鳴沢さんが、今、私たちに主張していることと、そのときはぜんぜん違うこと言ってたのよ。自殺であることは間違いないって断言してたんです。もちろん、そのあとで、村櫛さんに対する疑惑が徐々に起こってきたってこともありうるけれど……」

山脇の声が遠くに聞こえはじめる。私はもう、あまり相手の言うことを聞いていなかった。山脇がそれまでに語った情報だけで、鳴沢に対する疑惑は十分に決定的なものに思われたのである。


その夜、私はなぜか、十年前に死んだ祖母のことを久しぶりに思い出した。私が高校生のとき、祖母は脳梗塞で死亡した。八十五歳だったから、大往生だったと言えないことはない。だから、通夜も葬式もそれほど悲しみに満ちたものではなかったという記憶がある。私自身、悲しみとはほど遠いところにいた。祖母は私とは縁が薄く、私が高校生になったころは口をきくこともほとんどなかった。だが、祖母は死亡する一週間ほど前から、不思議なほど積極的に私に話しかけてきた。今思えば、あれは人間がこの世を去るときの最後の人恋しい一瞬だったのかもしれない。しかし、私にはそれがうるさく感じられて、不機嫌な生返事を繰り返すばかりだった。私の一つ年下の妹はやさしい性格で、ずいぶん根気よく年老いた祖母の面倒を見ていた。母がいないとき、祖母をトイレなどに連れていくのは必ず妹の役割と決まっていた。そのおかげで、私は、祖母の面倒を見る役割から、一切、免除されていた。

その日、両親も妹も留守で、家に残っていたのは私と祖母だけだった。

私が居間で雑誌を読んでいたとき、背中に人の気配を感じた。それから苦しげな息づかいが聞こえる。振り返ると、青白い顔をした祖母が居間と祖母の部屋をつなぐ敷居のところに立ち、片手を柱にかけた格好でこちらを見ていた。ほつれた白髪が額にかかり、汗が一筋、眉間の皺の上で光っている。トイレに行こうとして立ち往生し、私の手を借りようかどうか躊躇しているふうだった。

私が祖母を助けようとして立ち上がるまでに時間がかかった。私は雑誌を読むのに夢中で、祖母に気づいていないふりさえした。老齢者に対する生理的嫌悪感があったことを私は否定しない。それは思春期に特有な羞恥心とも言い得たが、いずれにせよ、祖母は私が関わりたくない対象であったことは確かである。

祖母は小声で私の名を呼んだようだったが、私の無反応を見て、あきらめたかのようによろよろと独り歩き出した。私は故意に祖母から視線をそらしていた。根拠の希薄な罪悪感が痼《しこり》のように残るのを感じたが、それは深い悔悟の傷痕を刻むほどではなかった。そして、私はその直後に、何かが倒れ落ちる音を聞いた。

顔を上げながら振り向くと、祖母が仰向けに倒れていた。敷居のところに、ちょうど後頭部をぶつけるような格好で倒れたらしい。私は確かにゴツンという鈍い音を聞いていた。だが、その転倒が祖母の体に致命的な影響を与えたとは考えにくい。また、それが脳梗塞の最初の発作だったとも思えない。ただ、足をもつれさせて転倒したというのが正確なところだろう。

だが、私は、仄暗《ほのぐら》い罪悪感に根ざした恐怖心から、一瞬、祖母の後頭部から流れる鮮血を思い浮かべた。もちろん、実際には何も流れていなかった。私は、ぎこちなく駆け寄り、祖母の体を抱き起こす。そのとき、祖母の体内から黴《かび》臭い異臭を嗅ぎ取った。一言でいえば、それはよくある老人の臭いというに過ぎなかったが、その二日後に祖母が死んだことを思い合わせて、私は、それが生前に起こりはじめた腐敗現象としての死臭ではなかったのかという幻想に苛まれた。

祖母が死んでから一ヵ月後、私は祖母を殺す夢を見た。撲殺だった。夢の中で私は、背中を屈め片膝をつきながら、何事か許しを請う祖母を硬い木刀のようなもので打擲《ちょうちゃく》し続けている。祖母は泣いているようだが、その声は私には聞こえない。私は狂ったように打ち続ける。苦しげな悲しげな祖母の泣き顔がこちらを見上げていた。突然、その視線が私の目と等位置にきた。祖母がすくっと立ち上がる。その顔から涙が消えた。死人のような青ざめた顔が傲然と私を見据えている。その顔が突然笑い出した。

すると、故障していたテレビの音声が不意に回復したかのように、顎のタガがはずれたようなけたたましい笑い声が響き渡った。私は自分自身の心臓が痺《しび》れ震えるのを感じた。目眩《めまい》がする。体が宙に舞い、崩れ落ちるように感じる。だが、倒れたのは祖母のほうだった。全身を硬直させたまま、後方に倒れ落ちた。その鈍い音響は、祖母が実際に倒れたときの音触を夢の中の私に呼び覚ました。倒れた祖母がこちらを見ている。蝉の抜け殻のような皺くちゃな顔が崩れはじめる。やがて、その首が消え、根っこの肉塊だけが残った。

　目を覚ますと汗だくだった。心臓が調子の狂った機械のように激しく打っている。寝床の中に横たわっていると、辺りの暗闇が重苦しく迫ってくるように感じられた。私は布団の上に体を起こし、震える手で明かりをつけた。

　今から思うと、その夢の意味はそれほど複雑なものではなかったのかもしれない。だが、当時、高校生だった私は、フロイトの夢判断の原理も知らず、「あたかも殺したような」という非具象に属する概念は、夢の中では、「実際に殺した」という映像でしか現れないということも知らなかった。自分の不注意から、交通事故で幼い我が子を亡くした母親は、「あたかも私が殺したようなものだ」と感じることだろう。すると、その母親は夢の中で自分の子供を実際に殺す場面に出合うことになる、と精神分析学者は教える。夢はあくまでも映像なのだから、具体的な形象でしか物事を表現できない。逆に言えば、「あたかも」までが具体的な形を与えられて表象化されてしまうのだ。

私は、祖母の脳梗塞による死亡と私の目の前での転倒の間にある因果関係に対する強迫観念的恐怖の虜《とりこ》になっていた。もしそこに因果関係があったとしたら、私の祖母に対する冷たい反応が祖母の死の契機を作ったことになるのではないか。それは、不安げに立ち尽くしていた祖母をすぐに支えようとしなかったことに対する潜在的な罪の意識が、実際に生じた祖母の死という結果によって顕在化したというように過ぎなかったが、そのために私は、祖母を「あたかも殺したようなものだ」と感じていたに違いない。それ以来、私は、因果関係が顕在化しない出来事を恐れた。

女が死んでから一ヵ月ほどたったとき、鳴沢が逮捕された。容疑は詐欺罪。鳴沢に対する寸借詐欺の訴えが数件出されていたのである。そして、鳴沢の家に対する家宅捜索で、井田菊江名義の残金二十五万六千四百円の預金通帳と印鑑が押収された。それによって、井田菊江の死が見直されることになったのか、それとも初めから鳴沢に対する疑惑を持って内偵していた警察が、詐欺罪を口実に殺人罪を立件しようとしたのか、私には分からない。ただ、私は直感的に、誰かが鳴沢に関する情報を警察に提供したに違いないと感じていた。そして、その情報提供者が山脇であるのはほぼ間違いないように思われたのである。

こういう鳴沢の取り調べ状況を逐一、私に伝えてきたのは、山脇だった。そして、その情報はどれもかなり確度の高いものに思われたから、鳴沢の取り調べにあたっていた刑事たちと山脇が頻繁に接触していたことは確かに思われた。そして、そのことはやはり、山脇が警察にとって重要な情報提供者であることを窺わせた。

鳴沢は、警察の取り調べ室で、事件の当日の夜十時ごろ、井田菊江の家を訪問したことをあっさり認めたという。鳴沢の供述によれば、その夜、訪問を約束していたのに、いくら呼び鈴を押しても応答がないため、鍵のかかっていなかった玄関から上がり込み、浴室で縊死している菊江を発見したらしい。警察に通報せず、そのまま家に逃げ帰ったのは、自分が菊江から借金していたため、あらぬ嫌疑をかけられることを恐れたためだというのが、鳴沢の言いぶんである。

警察がこんな言い訳を容易に信じるはずはなかった。当然のことながら、借金の返済に関する話がもつれて、鳴沢が菊江を絞殺し、自殺に見せかけようとしたという想定を警察は捨てなかった。だが、その夜菊江の家を訪問したのは、借金の話をするためではないと鳴沢は言い張った。だいいち、菊江から一度も借金の催促などされたことがないという。

その夜、会いたいと言い出したのは、菊江のほうだったが、その理由は鳴沢自身にも分明ではなかった。とにかく、会いたいというものだから約束どおりに来てみたら、井田菊江はもはやこの世の人ではなかったのである。

そこでようやく、鳴沢は、菊江がその夜、自分を自宅に呼んだ理由が分かった気がした。菊江は、鳴沢とその夜の十時に会う約束をしたとき、すでに死を決意していたが、孤独な一人暮らしの菊江は、自分の死体がなかなか発見されないことを恐れていたのかもしれない。それで、その夜やってくるはずの鳴沢が自分の死体を発見し、しかるべき処置を取ってくれることを期待していたのではないか。だが、そう感じたのならなおさらのこと、鳴沢が警察に通報しなかったのは解せないのである。警察の追及が執拗だったのも当然だろう。

最初、鳴沢は、死体を見るなり、すぐに逃げ出したと述べたが、やがて供述を変えた。なんと、二時間以上もその現場に踏みとどまっていたことを認めたのである。しかも、その理由がはっきりしない。どうすればよいのか迷い、思いあぐねているうちに、結局、二時間近くがたってしまったというのだ。だが、取り調べに当たった捜査官の多くは、それを他殺を自殺に見せかけるための偽装工作を行なうのに要した時間と解釈した。

鳴沢は預金通帳と印鑑を菊江から預かっていたものだと当初主張していたが、やがてその窃盗を認めた。それから、追及されもしないのに、ネックレスについても話しはじめた。ネックレスはキッチンのテーブルの上に置いてあったものをそのまま持ち去ったというのだ。それは、あらかじめ死を決意していた井田菊江がその夜訪れてくることになっていた鳴沢のために、いわば形見として故意に置いたように感じられたという。

　奇妙なのは、鳴沢は押入のタンスを開けて預金通帳と印鑑を盗みだしたことを認めたあとでも、この主張を変えなかったことである。むろん、取り調べの刑事たちは、この鳴沢の証言をその場逃れの言い訳としか受け止めなかった。借金の返済の言い訳に来た鳴沢が、菊江の予想外に激しい返済請求に遭い、思い余ってついに殺人の凶行に及び、行きがけの駄賃として、ネックレスと預金通帳を持ち去ったと考えるのが、確かに一番自然な解釈に思われた。

　だが、それでも一部の捜査官の中には、これを殺人と見なすのを躊躇する雰囲気があった。まずかったのは、当初、単純な自殺と考えられたため現場保存が十分になされず、現場を見たものは、通報で駆けつけた外勤の巡査一名と所轄署の刑事二名だけだった。巡査はともかく、刑事のほうは二名ともいちおうのベテランで、殺人現場を何度か踏んでいたが、彼らにも現場の状況はどう見ても自殺にしか見えなかったのだ。検死と行政解剖の結果でも、殺人を疑わせるようなものは何も出ていなかった。

しかし、足の悪い井田菊江がどうしてロープを天井の電球につなぎえたかというのは、いったん疑惑が生じてみると、確かに、刑事たちには気にかかる点だった。そして、この点について、鳴沢は奇妙なことを言い出していた。遺体を発見したとき、菊江が天井からぶら下がっていた真下の浴槽の中に、確かに椅子があるのを見たと言い張っていたのである。

だが、現場に駆けつけた巡査も刑事たちもこの椅子を見ていない。したがって、捜査官の多くは、この鳴沢の証言を故意の歪曲と見ていた。他殺説に懐疑的なものでも、それは動転していた鳴沢の単純な記憶違いと見ているようだった。いずれにせよ、殺人についても鳴沢の容疑は濃厚と考えられていたのである。

だが、山脇は鳴沢の殺人への関与に関しては自信がなさそうだった。というより、自分の証言によって、鳴沢に殺人の嫌疑がかけられていることに、罪の意識を感じているようだった。

私に、鳴沢のことを訴えてきたときとは打って変わって、今度は、「私、やっぱり、あれは自殺だったような気がするの」などと言い出す始末なのだ。すると、私のほうはまた、妙な想像が湧いてきた。日ごろ、派手な生活をしている鳴沢に対して、山脇はひょっとしたら一種嫉妬に似た悪意を抱いていたのではないか。その悪意は、静かに、深く彼女の意識のなかに潜行していた。それが一瞬、水面に浮上し、自分の妄想に似た想念を私にぶつけてみた。それから警察にも。そうしたら瓢箪《ひょうたん》から駒で、鳴沢の窃盗が明るみに出た。それでかえって、山脇としては、いたたまれない気持ちになっているのではないか。

窓外《そうがい》の景色が冬の訪れを告げている。葉をわずかに残した銀杏《いちょう》の木が、所在なげにその彩りを失った枯れ枝を震わせている。木枯らしが乾いた音をたててガラス窓を打ち、室内の石油ストーブの上で沸騰する薬缶《やかん》とともに、風変わりな二重奏を奏でていた。午後四時過ぎ。雪も雨もない、風だけの乾いた冬の風景。隣室の畳の部屋に置かれたテレビから、成田空港近辺で衝突する機動隊と学生たちの乱闘の模様を伝えるニュースの音声が低く聞こえてくる。

私はキッチンのテーブルに着いて、突然訪ねてきた村櫛と対座していた。

「俺、今から警察に行こうと思ってるんだ。でも、その前にあんたと話がしたくてね」

キッチンのテーブルの椅子をやや斜めに引いて座ると、村櫛は下を向いたまま、予想外なほど内気な掠れた声で言った。

このとき、私ははっきりと訛《なまり》を感じた。たぶん、東北方面だろう。その訛と、言われたことの内容が奇妙な相乗効果を発揮して、私は不吉な胸騒ぎを覚えた。下腹部のあたりに緊張感から起こってくる疼痛《とうつう》があった。警察に行くと言っている以上、村櫛が事件との関連を自ら認めたと取れなくもなかった。

ただ、理解できないのは、なぜ村櫛がその前に私と話したいと考えたのかということである。客観的に見て、私は事件から一番遠い位置にいたはずなのだ。その私に、村櫛はいったい何を話さなければならないというのだろう。

「あんた、鳴沢が捕まったの知ってるだろ」

私は、微かに頷いた。

「鳴沢って、嫌な女でさあ。死んだ井田さんと俺のことで、ひでえこと言い触らしてたらしいけど、自分で後ろめたいことやってたから、あんなこと言ってたんだろうなあ。だから、俺はあいつのために何も証言してやる必要なんかないとは思うんだけど、やっぱり真実は話さなきゃならないと思ってさあ。そうしねえと、井田さんだって成仏できねえだろ」

「証言って何を証言するんですか?」

「これ山脇さんから聞いたんだけど、鳴沢は窃盗だけじゃなくて、殺人の嫌疑をかけられてるっていうじゃないか。ネックレスや預金通帳盗んだっていうのは本当だろう。もっとも、ネックレスについてはひょっとしたら、鳴沢の言ってることはそう見当違いじゃないかもしれないな。あの夜、鳴沢の言うとおり、テーブルの上にネックレスが置いてあったとすれば、確かに井田さんは、あれを形見として、鳴沢にやる意志があったのかもしれないよ。彼女は義理堅いやさしい性格の女だったからなあ。鳴沢に世話になったと思ってたんじゃないの」

村櫛の、些末なことに拘泥する話し方は、核心からはほど遠い。私は、もう直《ちょく》截《さい》な表現で尋ねないと気が済まないほど、苛々した気持ちになっていた。

「それで、殺人のほうはどうなんです？　あなたもやっぱり、鳴沢さんが井田さんを殺したと思っているんですか？」

村櫛は、一瞬、驚いたように顔を上げて私の目をのぞき込んだ。それから、再び顔を伏せて呟くように言った。

「いや、あれは自殺だよ。間違いないよ」

村櫛の口調は静かだった。だが、断定的な確信的な調子がこもっていた。私は、その口調に反撥《はんぱつ》を覚えた。

「どうして、そんなことが断言できるんですか？」

私は思わず怒気を含んだ声で訊く。村櫛はすぐには答えなかった。一瞬の沈黙が流れた。遠くに豆腐売りの喇叭《らっぱ》の音が聞こえた。隣室のテレビの音声は、再放送の時代劇に変わっている。

「どう考えたって自殺だよ。俺、見たんだ」

村櫛が顔を上げた。目に涙が光っていた。意外だった。井田菊江の死とその不幸な人生を思い出して、村櫛は泣いていたのか。しかし、その涙の意味は私には判然としない。

「俺が死体を発見したとき、じつは椅子はちゃんとあったんだ。だから、その現場は俺にはすごく自然に見えたんだ。ああ、やっぱり自殺しちゃったんだと思うと、俺、茫然《ぼうぜん》としちゃって。あいつはかわいそうな女なんだ。だから、ここで死んだら犬死にじゃないかと思うと、よけいかわいそうで……。人生、少しくらいいいことあったっていいだろ」

村櫛の涙声を聞きながら、私は再び、話の軌道が核心からそれていくのを感じた。私は、何者かに急き立《せ》てられるかのように、性急な口調でその軌道を修正しようとした。

「ともかく、椅子はあったんですね。だったら、なんでその椅子がなくなってたんですか?」

「俺が片付けたんだ」

「どうしてまた?」

村櫛にもどうしてそんなことをしたのか、今となっては分明ではなかった。薄暗がりの中、菊江のちっぽけな足が空中にぶら下がっているのがぼんやりと見える。浴槽の椅子の上に睡眠薬の瓶があり、その瓶の下に置かれた白い紙切れが刹那の視覚の断片となって、村櫛の脳裏に刻まれた。茫然とした意識の迷路の中で、村櫛はふと、その白い紙切れは、菊江が自分に宛てた遺書のような気がした。

「だって、あいつ、俺が預けたオートバイ取りにくるの知ってたから、一番最初に死体発見するの俺だってこと分かってたんじゃないかと思って……。もっとも、実際はその前の日に、鳴沢のほうが先に死体見つけちゃったらしいけど」

ともかく、その紙切れに何が書かれているのか見ようと思った。それで、椅子ごと隣のキッチンまで運び出した。

「あとから考えると、紙切れを載せたまま椅子を運び出すなんて、ぜんぜん意味のない行為に見えるけどさ」と村櫛はため息混じりに言う。

しかし、気が動転して理屈に合わないことをしてしまった。死体を発見して中に入ったときも、思わず外に通じている戸を閉めた。閉めないほうが恐怖心は薄らぐはずなのに、なんだか後ろめたい気がして、そうしたのである。

「なんていうか、俺自身があいつを殺しちゃったような気がしてさあ。外から、誰かに見られている気がして、それで思わず、自分が中に入ったあと、とっさに戸を閉めたと思うんだ。そのくせ、明かりをつけて、中の状態を確認しようという気なんかぜんぜん起きなかった。分かってくれるだろ。やっぱり、あいつがどんな顔して死んでるのか見るの怖かったんだ」

椅子を運び出そうとしたとき、睡眠薬の瓶が倒れて下に転がった。だから、中の錠剤は初めから外にこぼれ落ちていたわけではない。新聞にはそう書いてあったが、初めは蓋が閉まっていて錠剤もぜんぜんこぼれてはいなかった。几帳面な女の死の現場は、やはり律儀で堅苦しい秩序が、透徹した静寂《しじま》を支配していた。

「それで、あなたは井田さんのその遺書みたいな紙切れを読んだんですか?」

こう訊いたとき、私は自分の心臓の鼓動をはっきりと感じた。

「ああ、読んだよ。だけど、それは遺書じゃなかった」

「遺書じゃなかった？」

「そう、遺書じゃなかった。それは俺が前に一度、見たことがあるものだったんだ。そして、俺は、その紙切れはそこに残しておかないほうがいいと判断したんだ。だから、とっさに自分のポケットにしまい込んだ。そしたら、椅子を事件の現場に戻すことなんかどうでもいいような気になっちゃって……。どのみち、その椅子はキッチンにあったものを彼女が風呂場に運び込んだんだ。だから、考えてみれば、俺が彼女の代わりに元の位置に戻しただけのことじゃないかって、思ったんだ。椅子があったか、なかったかがあとから問題になるなんて、そのときは思ってもみなかった」

　鳴沢が警察で言っている、椅子を見たという証言は本当なのだ。なにしろ、村櫛が椅子を片付けた張本人なのである。たぶん、鳴沢は、椅子は見たが、恐怖のあまり、現場などろくに見なかったのかもしれない。だから、もちろん、あの紙切れの存在にも気づかなかった。もっとも、鳴沢の関心が、縊死現場の仔細な観察よりも、押入の中の預金通帳やテーブルの上のネックレスのほうにあったことも否定できない。

「それで、その白い紙切れは要するに何だったんですか?」

村櫛は一瞬、窓のほうをぼんやりと眺めて、私の切羽詰まった問いにすぐには答えようとはしなかった。やがて、抑揚のないゆっくりとした口調で言った。

「俺がその紙切れをそこに残さないほうがいいと思ったのは、そこに書かれていることが、つまり、自殺の原因と思われることが、あいつの死をよけい惨めに見せるんじゃないかと思ったからだよ。今でも、俺のしたことは、間違ってなかったと思うよ。井田さんのためだったんだよ。それに、あんたのためでもあった」

突然、目の前が真っ白になった。一瞬、聞き違えたのかと思った。

「僕のため?」

「そう、あんたのためにも、そのほうがいいと思ったんだ。別に、あんたに責任があったわけじゃないんだから」

「あなた、何を言ってるんですか? 僕がどうしてあの人の死に関わりがあるというのですか？」

私の声は震えていた。顔は真っ青だったに違いない。離人症《りじんしょう》の犯罪者が動かぬ証拠を突きつけられ、不意に覚醒して、自分の犯した罪の大きさに慄然とする、あの凍りつくような一瞬が、息を潜めて私の背後の闇から忍び寄るのを感じた。

「これ見せたほうが早いかなあ。今、持ってるんだ」

村櫛は冷静に言った。その声には諦めに似た悲しみがこもっている。村櫛はズボンのポケットに手を突っ込んで、白い紙切れを取り出した。それをテーブルの上に無造作に置く。皺だらけになったワープロ用の感熱紙《かんねつし》だった。端のところが数箇所ちぎれている。ワープロの印字の下に書かれた、見慣れた手書きの文字が私の目に飛び込んできた。


残念ながら、お伺いできません。今後も、無理だと思います。

私は茫然とした。これは私が生駒恭子に書いた返事の文面である。だが、これをなぜ村櫛が持っているのか。いや、そもそもこれがなぜ井田菊江の手に渡ったのか。そのとき、突然、全身が震え出した。私の手書きの文の前に書かれている生駒恭子が私に宛てた、ワープロで印字された文面が目に入ったからである。

一度、お会いしてお話ができたらと思います。明日の夕方、お暇でしたら私の家においでください。お食事でもいかがでしょうか。

私はこの手紙を受け取ったとき、生駒恭子が自分の名前を記さなかったことを少し不思議に思った記憶がある。だが、深くは考えず、恭子からの手紙と思い込んだ。そこに錯誤があった。今、私の目の前で、この記名のない手紙はまったく別の奇怪な意味を帯びはじめた。それが私の家の玄関の網戸に挟まれていたのを思い出したのだ。そのとき、すべての意味符号が、ある信じがたい解釈に向かって収斂《しゅうれん》しはじめた。

私が鍵を落としたとき、懐中電灯を貸してくれて、私と一緒に鍵を捜してくれた井田菊江は、鍵が網戸にひっかかって発見されたのを見た。そこに暗示的な意味があったのだろうか。なんということだろう。あれは生駒恭子からの手紙ではなかった。そして、私の冷たい返事は間違いなく、井田菊江に届いたはずである。私の体の震えは止まらなかった。村櫛の声が遠くに聞こえた。

「分かってほしいんだけど、俺、あんたを非難してるんじゃないんだ。それどころか、あんたにはすまないことしたと思ってるよ。じつは、俺、彼女から相談受けてたんだ」

菊江は青森出身、村櫛は秋田だったから、彫金の仕事の関係で出会った最初から、なんとなく打ち解ける雰囲気があった。やがて、二人は互いの悩みが打ち明けられるほど親しい関係になった。だが、男女の関係ではなかった。かわいそうだが、女はもはやそういう世界は断念しているようだった。少なくとも口ではそう言っていた。だが、どういうわけか、以前から私と話がしてみたいと言っていたという。

「あこがれてたんだよな。あいつの話し相手といえば、俺みたいな教養のない男でさあ。あいつ、文学が大好きだったから、俺じゃあもの足りなかったんだろうな。あんたが、そういう方面の専門家だってこと、彼女は知ってたんだ」

それで、女は私にちょっとした夢みたいな幻想を抱きはじめた。しかし、私はそのことにまったく気づいていなかった。私が他人のあこがれの対象になるなどとは考えたこともなかったからだ。実際、私はけっして恵まれた人間ではなかった。少なくとも、私の周りには、私より幸福な人々が溢れていた。

だが、それにもかかわらず、私が女より遥かに幸福だったということも否定することはできないのだ。生前の女を日常の空間で見かけたとき、私の脳裏をいつも掠めたのは、この罪を孕《はら》んだ、一方的で傲慢な、しかし切実な、不幸の絶対性に関する認識だった。

「でもなあ、罪のないあこがれだったと思うよ。ただ、普通に話ができて、友達みたいになりたいって言ってただけだから。それで、俺、あんたには悪いんだけど、それくらいのことは許されるべきだと思ったんだよ。それに、あんたが教養の高い人間だってことは分かっていたから、彼女の境遇を知れば同情してくれて、少しくらいは話し相手になってくれるんじゃないかと考えたんだ。それで、隣に住んでるんだから気楽に話しかけてみろよって、アドバイスしたんだ。だけど、彼女、とても駄目だって言うんだ。挨拶するだけであがっちゃって、とても無理だって言うんだよ。でも、俺に会うたびに、あんたのこと言うから、それじゃあ手紙でも書いたらって、半分冗談みたいに言ったんだよ」

するとと、女は本気になってワープロを買った。きっと、村櫛がワープロの手紙ならなんとなく機械的に打てるから、書きやすいかもしれないと言ったせいかもしれない。だが、結果は女にとって残酷だった。少なくとも女はそう思い込んだ。

「あいつが死ぬ三日くらい前に、俺にこのあんたの返事見せて、『やっぱりだめだったわ』って言ったんだ。あんたを恨んでるような調子はまったくなかったよ。ただ、寂しそうだったことは確かだよ。でも、あんたにしてみりゃ無理もないと思うよ。ろくに話したこともない女から、いきなり食事に誘われたって行けるわけないもんな。でも、彼女を庇って言えば、長い間、世間並みの恋なんかしたことがなかったから、そういうときのやり方なんて、どうしていいか分からなかったんだろうなあ。そう思うと、よけいあいつが不憫《ふびん》でねえ……」

　私は何かを話さなければならないことは分かっていた。それが私の単なる勘違いだったと言えば、村櫛の言っていることはすべてたちどころに、意味を失うのだ。教養の高い人間が人間的な優しさを持ち合わせているかもしれないという、このうえもなく危険な幻想にあえて異を唱えずとも、その不条理の袋小路から逃れられたはずである。だが、渇き切った喉の奥に異物が詰まったようになって、声がいっさい出てこない。（違うのだ。そうじゃないのだ）と心の奥底で叫んでいるのに、その声を実体化する活力がすべて奪われていて、自分自身がまるで無声のフィルムの中に沈んでいるように感じられるのだ。

「あんたに責任はまったくないのは分かってるよ。だから、現場でこの紙切れを発見したとき、やっぱり隠さなきゃならないと思ったんだ。俺も彼女に、アドバイスした手前責任があると思ったから。これ読んだら、あんたが悪いと思う奴も出てくるじゃないか。それは彼女にとっても、本意じゃないんだ。あいつは、ただ、あんたを尊敬して、あこがれていただけなんだから。でも、ともかく鳴沢が殺人の嫌疑をかけられてるっていうから、警察には本当のこと話さなければならないでしょ。嫌な女だけど、俺がこのこと話さないで、あの女が殺人犯になってしまったら、やっぱり寝覚めが悪いしね。これ見せたら、警察も自殺だったと思うだろうね。それに、椅子のことも俺は言うよ。ともかく、その前にこの手紙のことだけはあんたに話しておきたかったんだ。本当に、あんたはとんだとばっちりで、気の毒だと思うよ。しかし、こんなこと言っちゃあなんだけど、あんたのことは彼女にとってきっかけに過ぎず、遅かれ早かれ、あいつは自分で自分の命を絶つ運命だったと思うよ。そのほうがよかったのかもしれないよ。本当に恵まれることのいっさいない不幸な女だったから……」

再び、村櫛の声が涙声になった。私は、永遠に言い訳の機会を失ったように感じた。村櫛がテーブルの上の紙切れを掴んで立ち上がった。それから、気を取り直すように言った。

「でもさあ、彼女、あんたに手紙書いてやっぱりよかったんじゃないか。最後に恋のまねごとみたいなことできたんだから。きっと、あんたには感謝していて、いまごろ成仏してると思うよ。だから、気にしないでくれよ。あんた、いいことしたんだよ」

玄関の戸が開いて、村櫛が出ていった。その間、私はどのように応対したかまったく覚えていない。隣室の、つけっ放しにされているはずのテレビの音声も聞こえない。私は自分が死の闇の中にいるように感じた。何かの抜け殻のような空虚な感覚だけがあった。

私はキッチンの窓から、隣の家を眺めた。すでに夜の帳《とばり》が下りていて、主《あるじ》を失った女の家は、永遠に明かりを失ったかのように、深く、濃い闇の中に沈んでいる。

人生相談

短い呼び出し音に続いて、若い女性の声が聞こえた。

「はい、こちら××テレビ、人生相談係ですが……」

男はその日も長々と喋った。だが、その身の上話は、時刻を告げる役割を失った梵鐘《ぼんしょう》のように、冗漫で、退屈で、無意味な音響の反復にしか聞こえない。

居間の黒ずんだ畳の上に、ひっそりと閉じられた藍色のカーテンの空隙から、わずかに差し込む午後の日差しが、気怠《けだる》い空虚の影を落としている。六畳の中央に配置された褐色の古びた卓袱台《ちゃぶだい》。受信機から切り離されたコードレスの卓上電話が置かれている以外は、生活の痕跡を示すものは何もない。

彼がテレビ局の人生相談に申し込んだのは、これで何度目だったか。この相談内容が、このテレビ局が放送するワイドショーの人生相談コーナーで取り上げられるかどうかは分からない。彼の告白をメモを取りながら聞き終わったアルバイトらしい女性は、いかにもマニュアルを棒読みするような調子で、「このご相談を採用させていただく場合は、後日、担当ディレクターのほうから連絡させていただきます」と言って、電話を切った。おそらく毎日、夥《おびただ》しい数の苦悩の物語を聞かされている電話の向こうの受信者にとって、彼の物語が格別に印象深かったはずはない。

政治の季節は終わり、街頭からデモが消えてから長い年月が経過していた。社会の秩序は倦怠《けんたい》と空虚の中で奇妙な安定を遂げ、個人の不幸だけが善意という欺《ぎ》瞞《まん》の中で喝采《かっさい》を浴びていたのである。

彼はこの一年間、自分の家庭についての架空の困難をでっち上げ、テレビ、ラジオ、新聞、週刊誌などのあらゆるメディアの人生相談に応募した。だが、そんな時代の中ではありとあらゆる不幸が不可視の網を張り巡らし、それぞれの主人公たちは、その分厚く、重い、悲劇の報告書の提出先を求めて狂奔している。

実際、テレビやラジオでは彼の応募はことごとく無視された。だが、新聞や雑誌の人生相談コーナーに宛てて書いた相談の手紙は、かなりの確率で取り上げられた。匿名希望、四十五歳、男性。この断り書き自体に大した意味はない。家族を失い、失業していた彼にとって、自分の身元が世の中に晒されるかどうかは、さほどの問題ではなかった。

地獄のような孤独が彼を人生相談中毒者に駆り立てたという言い方は、正確ではない。むしろ、彼は自分の織り上げる不幸の物語を楽しみ、それに与えられる的外れで、通俗的で、不毛な回答を嗤《あざわら》っていたのである。確かに、彼の心に狂気はあった。だが、それは彼の創造した虚構の世界の中では、慎み深く領分を守っていた。そして、深く潜行するその狂気を見抜いた人生相談の回答者は誰一人いないことを、彼は密《ひそ》かに誇らしく思った。

相談内容は基本的には嘘話《うそばなし》。ただ、世間的な規格に収まる内容になるようには心がけた。あり得ない話を書くのは避けなければならない。不幸というのは、常に起こりうる相貌を持たない限り、不幸としての資格を失うのだ。人は哲学的な苦悩にはけっして共鳴しない。できるだけ下世話で、剥き出しの、生活の澱《おり》が他人の私生活の細胞の襞《ひだ》を侵して、浸潤しているような物語を構築することに、彼は小説家のように腐心した。

例えば、底意地の悪い舅《しゅうと》と姑《しゅうとめ》と一緒に暮らし、不細工で、ヒステリーで、恐ろしく贅沢《ぜいたく》な妻に苦しめられる安月給の養子の男。物語が類型的であることは、やむを得ない。問題は、男がいかに虐《しいた》げられていたか、その細部を意想外な、しかし現実感に富んだ逸話《エピソード》として提示することなのだ。彼はほとんど二十四時間、頭を絞って、そういう逸話を夢想した。

だが、彼の物語の弱点は、彼が現実にそのような状況に置かれたことがないために生じる作り話の脆弱《ぜいじゃく》さだった。彼は舅とも姑とも暮らした経験がない。もちろん、養子でもなかった。そして、もっと決定的だったことは、妻は、彼がでっち上げた物語に登場する妻とは、あらゆる意味で正反対だったことである。

だが、それは彼にはすでに織り込み済みのことだった。彼はほとんど意識的に、自分の物語の中に妻の正確な投影を見ることを回避した。しかし、妻とかけ離れた女を造形すればするほど、彼の頭の中では妻の映像《イメージ》が膨らみ、それは虚構の物語の進行とともに増幅される。そして、ある一瞬、彼は自分が依然として妻を憎んでいることに気づいたのである。

彼が妻を思い出すとき、決まって思い浮かぶ光景がある。台所の俎板《まないた》に向かってキャベツを刻む、いくぶん猫背気味の妻の姿。栄養の行き渡らぬ白い手が、鮮度を失い変色したキャベツをその芯の部分まで細くこまかく切り刻んでいく。刻めば刻むほど、その量が永遠に増大することを信じているかのように、執拗《しつよう》に熱心に……。台所の格子窓から差し込む西日が、いかにも善良そうな、しかし頑迷な妻の横顔を照らし出している。

彼は何よりも、妻の病的な吝嗇《りんしょく》を憎んでいた。妻はどんなものでも捨てようとしなかった。どう見てもがらくたにしか見えない、何年も使い古した椅子やテーブル。用途をすぐには思いつかないような空き箱や空き缶。継ぎ接《は》ぎだらけの布団、マットレス、衣服類。何度も何度も使われ、重油のように黒ずんで、飴色《あめいろ》に変色した天麩羅《てんぷら》油。夕食の総菜や残飯は言うに及ばず、賞味期限が切れて腐臭を放ちはじめた食物までが、冷蔵庫の冷凍室に保存された。

まれな外食のときは、妻は彼と子供の食べ残したものを余すところなく持ち帰った。付け合わせの野菜までもが、その対象だった。店側が持ち帰りを認めないときは、食べ残しを持参のビニール袋に入れて、こっそり持ち帰ろうとする。それがばれて、彼は何度もトラブルに巻き込まれ、妻と店側の間に立って不快な思いをした。

「食べ物を残すと、死んだおばあちゃんの顔が浮かんじゃうの」

彼になじられたあと、妻は決まってこう言った。その言葉は、得も言わず不吉な感情を喚起した。

「吝嗇も宗教にまでなれば狂気だ」と、彼は脅えのこもった声で叫んだ。そして、同時に（俺にいったい何の不足があって）と心の中で思った。

そのころの彼は、経済的には特に恵まれていた。彼が後に虚構の人生相談の中で描き出すことになる安月給のサラリーマンとは、対極の位置にあった。彼はある大手予備校で英語を教える人気講師だったが、この職業は二重の意味で都合がよかった。非常に高収入なのに、そのことがそれほど世間には知られておらず、その意味で不当な妬みの対象になることを免れていたからである。

彼は三十歳代の後半で、すでに大企業の重役ほどの収入があった。この業界の関係者なら、当時の好景気の中でそれが特別ではないことは、誰でも知っていた。だが、確かに予備校講師などというものは、富の典型を医者や弁護士や実業家に見いだそうとする俗な世間の目からは対象外の職業だった。だから、かえって気楽な気分でそこそこの贅沢を楽しむことができる。豊かな生活をする資格は十分にあったし、彼は事実、独身時代からそうしていた。

このことは、結婚後も大きく変わったわけではない。むしろ彼は、基本的には自分の稼ぎ出す金を自分のために好きなだけ使うことができた。妻は、そういう彼の奢侈《しゃし》についての不満をいっさい口にすることはない。ただ、ときに彼の贅沢が過ぎるとき、妻は無言のまま悲しそうに彼を見つめた。そして、まるで彼に報復するかのように、自分や子供のために使う金を極度に制限した。

彼は結婚して十年間、妻が新しい服を買うのを見たことがなかった。いつも皺《しわ》の寄った流行遅れの同じ服を着ていた。子供にもけっして新しい服を着せようとはしない。何かの祝いに人から貰った子供服でさえ、押入の衣装ダンスの奥深くに仕舞い込まれた。それは、幼い子供というものが年齢とともに背丈が伸びることをまったく信じていないような頑迷さだった。その貧乏たらしい親子の服を見ていると、彼は自分の労働の無力さを痛感し、清貧という概念を背徳として呪詛《じゅそ》した。

「おまえたちのために働いているのに……」と彼は唇を噛《か》みしめながら、妻に向かって言うことがあった。

「あなたはしたいことしていいのよ。でも、私は我慢できるから」

妻が不作法なほど剥き出しの善良な笑顔を浮かべてこう言うとき、彼の内心の怒りは、不意に栓を抜かれた酒樽のような激しい奔流となって、正体を露《あらわ》にした。

彼は隠れキリシタンをいたぶる悪代官さながら、妻をあらゆる言葉で侮辱し、嵐のような暴力に晒したことさえある。妻はただ押し黙って耐える。その従順さは、食肉処理場に引かれる牛を思い出させた。

ある晩、彼は妻を苦しめるために、冷蔵庫の中にある冷凍された食料すべてを、ゴミ箱の中に捨ててみせた。すると、その夜、耐え難い光景を目撃した。台所の物音に睡眠を妨げられて寝室から台所に来てみると、妻が啜《すす》り泣きしながらゴミ箱の中に捨てられた食物を拾い集めていたのである。台所の蛍光灯の薄明かりに照らされた妻の横顔は、狭い額と窪んだ頰に落ちかかる髪の毛に輪郭を区切られて、微妙な明暗をつくりだし、まったく別人のように見えた。

彼は胸を突かれた。だが、今思い返してみても、そのとき彼が抱いた感情が妻に対する憐憫《れんびん》だったのか、それとも自己に対する慚愧《ざんき》の念だったのか分明ではない。

妻は裕福な商家の生まれだった。父親は、栃木県の田舎町とはいえ、家具商として代々栄えた家の長男で、付近の土地を多数所有し、地元ではそれなりの名士として知られていた。三人姉妹の長女として生まれた妻は、幼いころから、物を粗末にしてはいけないという薫陶《くんとう》を、両親からよりもむしろ、父方の祖母から受けていたらしい。両親は、よく言えば放任主義、悪く言えば子供に対する愛情が淡泊で、それはときに行き過ぎた無関心にさえ見えた。

そのことが多少影響していたのか、妻は結婚した当初、両親のことよりも祖母のことを多く語った。妻は祖母の持つ、いかにも旧弊な清貧の倫理をひどくありがたがっているように見えた。彼は、そういう素朴で田舎臭い倫理観を腹の中で嗤っていた。だが、そのころはまだ心に余裕があった。妻のような若い女性が、なぜそのような倫理観を持てるのか不思議ではあったが、それは憎悪の感情とは結びつかなかった。

吝嗇の系譜というのは、明らかに遺伝的なものだった。妻の両親も金銭的には裕福であるにもかかわらず、その生活ぶりは恐ろしく慎《つつま》しかった。結婚して間もないころは、彼と妻は少なくとも一年に一度は東京から妻の実家を訪ねたが、両親とも二人をそれほど歓迎しているようには見えず、夕食でさえ驚くほど粗末なものだった。

祖母のいささか信仰がかった吝嗇に比べて、両親のそれは、ただのケチにしか見えなかったが、彼の苛立ちに気がつかぬ妻は、そういう倹約の精神は先祖伝来の誇るべき遺風であるという口吻を漏らした。さすがに、妻よりも五歳以上歳の離れた二人の妹たちは、このあまりに地味な暮らしぶりにときに不満の声をあげたが、妻はいかにも長女らしい優しさと鷹揚さを示して妹たちの愚痴を窘《たしな》めた。

吝嗇ということを除けば、妻は確かに誰の目にも人柄のよい女だった。純朴、善良、他人に対する思いやり、そういう凡庸な形容詞が皮肉や当てこすりではなく、ことごとく当てはまる、いまどき希有《けう》な人間性の持ち主だったとさえ言えるかもしれない。彼は、妻が通俗的なテレビドラマを観て涙を流す姿をときおり思い出すことがある。その光景は、説明しがたい錯綜した感情を喚起した。

彼はその土着的で田舎臭い善良さを半ば憎み、半ば愛していた。それがあの強固で揺るぎのない吝嗇と裏表の関係にあることも、確実に理解していた。そして、彼の苛立ちは、あまりに生々しい人間性が、ほとんど無防備に露呈されている妻の存在の危うさに起因するものであることも知り尽くしていた。

彼と妻の間に子供が生まれたのは、結婚して二年目のことである。その生まれてきた男の子は、微妙な障害を抱えていた。それが微妙であることが、彼にはむしろいっそう悲劇的に感じられた。

真一《しんいち》と名付けられたその子は、生後五ヶ月で原因不明の重積痙攣に襲われ、一ヶ月ほど大学病院に入院した。その凄まじく破壊的で連続的な痙攣は、大量の抗痙攣剤の投与にもかかわらず一向に収まらず、一時はきわめて危険な状態に陥った。それにもかかわらず、真一は奇跡的に回復した。それが真一の生命力の証左であったのか、それとも都内随一といわれた、その病院の小児専門・脳神経科チームがもつ高度な医療技術のおかげだったのか、彼には分からない。

分からないといえば、もう一つ分からないことがあった。後遺症のことである。こればかりは、いかなる名医でも予測の域を出ず、げんに、きわめて有能でしかも誠実に見えた真一の担当医でさえ、後遺症の有無に関する質問に対しては、いくぶん曇りがちな表情で明言を避けた。

しかし現在、冷静に振り返ってみても、真一にはっきりと後遺症が現れていたと断言することはできない。痙攣の頻度は、むしろ年齢的な成長とともに少なくなっていた。肉体的な成長もほかの子供たちと、まったく変わりがない。

ただ、きわめて微妙な知的発達の遅れがあった。それは、遅れと呼ぶよりは、感知できるが言語的に述べることがほとんど不可能に思われるような知的なズレといったほうがよかったかもしれない。妻も彼も、他人ならばおそらく見逃したかもしれないそのズレをはっきりと認識していた。しかし、そのズレが生じた原因については、二人の意見は割れた。

物事を悲観的に見る傾向のある彼は、それをかつての重積痙攣の後遺症、あるいはもっと直截に遺伝的体質がもたらす痙攣発作の関連症状とみなし、暗い未来の予想に胸を塞がれた。しかし、妻はむしろ薬の副作用と考えたがった。確かに、真一が常時飲まなければならなかったフェノバビタールという抗痙攣剤は、緊張感を解き、体の筋肉を弛緩させる作用があったから、その薬の投与が真一の動作が緩慢で、顔の表情も精気に乏しく見える一因ではあったかもしれない。だが、彼にはそれが本質的な理由だとは思えず、担当医もそういう見方を婉曲《えんきょく》に否定していた。

彼は真一が学齢期に達する直前、妻の反対を押し切って真一をある矯正学校に入れた。平日は普通の幼稚園に通い、土曜日の夕方から日曜日の午前中まで一泊して、その矯正学校の訓練を受けるのである。だが、これは一週間ともたなかった。真一は、土曜日の夕方、その学校まで送ってきた彼と妻と別れるとき、狂気のように泣き叫んだ。妻は、大粒の涙を目に湛え、哀願するように彼を見ていた。

だが、自分の子供を普通の小学校に入れ、普通の生活をさせたいと考えていた彼は、妻の哀願を露骨な苛立ちを見せながら無視した。彼は真一が小学校への入学を拒否されることを恐れていたのである。しかし、極度にスパルタ的な矯正訓練法で知られるこの学校の生活に、真一が耐えられるはずがない。

入校して三日もすると、当時ほとんど休止状態にあった痙攣がぶり返した。心身の過度のストレスが、痙攣の誘因となったのは明らかである。慌てた彼が、大学病院の担当医に相談すると、直ちにその矯正学校をやめさせるべきだと忠告された。彼はこの忠告には従わざるを得なかった。彼と妻が退校の旨を伝えに、その矯正学校の経営者に会いに行ったとき、彼は暴力的で教養の欠片《かけら》も見られないその精神論者の口から発せられた恐ろしく冷酷な言葉に体を震わせた。

「もう普通の小学校には入れないからな。どこまで甘やかせば気が済むんだ」

だが、結果はむしろ皮肉だった。真一はなんなく普通の公立小学校に入学できた。別に、客観的に真一が正常であると判断されたわけではない。彼が住んでいた地域では、区の教育課はこういった問題ではできるだけ介入することなく、保護者自身の判断に委ねるのを原則としていただけのことである。彼は、そんなことも知らずに、無益な生活訓練を真一に課した自分の不明を恥じるほかはなかった。

やがて、妻の吝嗇は以前にもましてひどくなった。もちろん、それが子供の将来に対する不安のせいであることは理解できる。「あの子にお金を残してあげなくっちゃ」と妻はことあるごとに呟《つぶや》いた。それは彼に訴えかけているというよりは、自分自身に言い聞かせているかのようだった。

実際、妻は相変わらず、彼が使う金を制限することはなかった。その代わり、妻が自分に課す禁欲は、さながら仏教僧の行《ぎょう》に近いものとなった。もちろん、彼もそのあおりをまったく受けなかったわけではない。例えば夕食は、彼の稼ぎ出す収入を考えると、信じられないような粗末さだった。彼は必然的に外食が多くなった。

彼が外で食事を済ませて帰宅すると、妻と真一が台所のテーブルで食事をしている光景に出合うことがあった。その食事の中身は、彼を慄然とさせた。米の飯とまったく新鮮さを失った少量の野菜だけだったのである。彼は、自分が自宅で夕食を食べるとき、妻はあれでも精一杯気を遣っていたことを思い知った。彼は臓腑《ぞうふ》から吹き出してくるような陰鬱な怒りを抑えて、そのまま自室に引きこもった。

このころは罵倒も暴力もなくなっていた。十年近く妻の吝嗇を憎み続け、もはや言葉も出ないほどに疲れ果てていたのである。ただ、まれに機嫌がいいとき、彼は不意に優しい気持ちになって、穏やかな言葉で妻を諌《いさ》めることがあった。やはり、一番心配なのは真一の栄養状態だった。彼がそれを言うと、妻はにわかに輝くような笑みを浮かべて、「うん、大丈夫、この子にはちゃんと食べさせているから」と奇妙に弾んだ声で答える。

彼はテーブルの上を凝視した。飯とおかずの野菜以外には何もない。わずかにテーブルの下に、真一の好きな安い駄菓子の袋が転がっていた。しかし、妻を問い詰めることはしなかった。ただ、「おまえももっと栄養取らなきゃ駄目じゃないか」と力なく言う。「ありがとう。でも、私は我慢できるから」と妻が答える。このいつもの言葉を聞いたとき、彼はふっと悲しくなって、意識の迷路に迷い込むように感じた。

「あなたには怒りが欠けています」

彼はこの言葉を何度も反芻《はんすう》し、思わず声を出して笑った。

（俺はいつも怒り続けていたではないか）

確かに彼に欠けていたのは、怒りではなく、優しさだったのである。だが、彼はすぐに、この言葉が彼にではなく、彼が作り出した架空の主人公に向けられたものであったことを思い出した。それでも彼は、「人生の達人」という異名を取ったその音楽評論家の、あまりに単純な分析に呆《あき》れ返った。

ある大手新聞の人生相談欄に、彼の手紙のほぼ全文が取り上げられ、その欄を担当する著名な音楽評論家の回答が掲載されていた。彼はこの手紙を書き上げるのに相当の時間を使い、平凡ながら入念なストーリーを組み上げたつもりだったから、自分の手紙が紙面に収まっているのを見たとき、まるで懸賞小説に当選したような喜びを感じた。物語の基本的な枠組みはいつもとさほど変わらなかったが、今度は養子の男を病人に仕立て上げた。

だが、この発想が湧いたとき、彼はいくつかの試行錯誤を重ねている。男の病名が思いつかなかったのである。最初、肺癌《はいがん》に侵され、死期を間近に控えた男を想定した。ひと欠片《かけら》の愛情も持たない妻とその両親は、すでに人生のお払い箱になることが決定した男をいたわるどころか、つらく当たり散らす。挙げ句の果てに、将来の生活の保障がないことを理由に違法に生命保険に加入することを強要する。

彼は告知義務違反という言葉を思い浮かべ、これが現実に起こりうる話であることを確信した。結婚した当初、彼自身が親戚づき合いの義理で生命保険に入ったことがあり、そのときの審査と称する健康診断がいかにいい加減なものであるかを知っていたからである。あの程度の審査なら、男が自ら癌と申告しない限り、仮に末期の肺癌であっても、診断医の審査をすり抜けられる可能性は高い。もちろん、これは違法で、発覚すれば保険金は出ないが、男はまだ幼い一人息子だけは愛しており、この子の将来のためにその違法行為に協力すべきか悩んでいる。

しかし、ここまで考えたとき、彼はこの話の持つ致命的な欠点に思い当たって愕然《がくぜん》とした。この悩みに対する回答者の答えがあまりにも限定されていることに気づいたのである。この人生相談欄が、大手新聞の紙面を構成するものである以上、その回答者が違法行為を勧めるはずがない。すると、男が妻たちの計略に協力すべきではないという結論は、あらかじめ用意されているも同然ではないか。そして、そのあとに続く締めくくりの言葉も、彼には容易に想像できた。

（限られた人生を人間らしく全うしてください。それが本当の意味で、将来のお子さんのためにもなるのです）

もちろん、彼はこんな平凡な結論を許すことはできない。もし回答者が本当に「人生の達人」なら、誰もが思いもよらないような別の結論が提示されることもあり得るはずだったが、その音楽評論家に対する彼の信頼は、限りなく零に近かった。

だが、本当のことを言うと、彼はもっと別のことを恐れていたのかもしれない。それはいわば心理的問題で、この物語の背後に透けて見える暗文脈の影が、絶えず彼を脅えさせていたのである。

この物語の中で、男は妻子のために、違法行為を強要される。その筋立ては奇妙な生々しさを伴って胸の奥底に迫ってきた。それが彼の身に実際に起こったことの、歪曲《わいきょく》された陰画のように思えたからだ。むろん、彼と妻の間の表向きの力関係は、彼が作り出した物語とは逆だった。彼は常に妻を支配し、ときに虐待しているようにさえ見えた。だが、本当にそうだったのか。むしろ、巧妙に仕掛けられた罠《わな》にはまっていたのは彼のほうではなかったのか。そういう疑念が、この筋立てに反映していることに気づいたとき、彼は執拗に回避してきた妻と子供の鬱々たる幻影に再び囚《とら》われたのである。

彼は結局、もっと日常的で、穏当な物語に変更することを余儀なくされた。それは男の病名の変更を意味した。確かに肺癌は好ましくなかった。少なくとも、死の臭いのする病名は避けるべきである。決定的に死に結びついてはいないが、慢性的で、しかも完治の困難な病気がいい。男が妻たちから永遠に足手纏《まと》い扱いされることを暗示する病名を思いつくことだ。結局、彼は糖尿病に決めた。次のような文面が思い浮かんだからである。

しかし、私にまったく愛情を感じていない妻は、糖尿病の食事制限を口実に、毎日、彼にご飯と少量の野菜しか食べさせようとしません。口では、「あなたの体のためよ」などと言っていますが、これが嘘であり、明らかに妻の悪意に基づくものであることは、糖尿病の食事制限というものを知っている人なら誰にでも分かるはずです。糖尿病というのは、一日に摂取するカロリーは厳しく制限されますが、そのカロリー制限さえ守れば、肉を食べようが魚を食べようが構わないのです。むしろ、バランスよく、いろいろな食物を食べることを医師は勧めます。したがって、私はこのままの状態では、私に対する妻の恐ろしい食事制限によって殺されてしまうのではないかと不安でなりません。しかし、生来、気が弱く、養子として虐げられてきた私は、妻にはっきりと自己主張することができず、悩んでいます。

彼はこの文面の滑稽さを十分に知っていたにもかかわらず、かえってその滑稽さに救いを求めた。確かに、ここにも転倒した、妻の影があった。「ご飯と少量の野菜」しか食べなかったのは、実際には、彼ではなく妻のほうだったのである。

しかし、彼の物語から妻の影を完全に消し去ることは、すでに不可能になっていた。彼はこういう形で、妻のかつての存在の痕跡を復元することに、微《かす》かな愛着さえ覚えはじめた。それは明らかな変化だったが、その変化の意味を考えることを彼は相変わらず拒み続けた。

あなたは、奥様が絶対にあなたに愛情を持っていないと決めてかかっているのではありませんか？　本当にそうでしょうか？　確かに、あなたのお話を伺っていますと、奥様たちの態度には度を越した意地悪なものが感じられることは否定しませんが、それを完全な愛情の欠如とみなすのはいかがなものでしょうか。養子という負い目から、あなたのほうに被害妄想的な強迫観念が生まれ、それが必要以上に奥様たちの言葉や行動を誇大に解釈させている面がないとは言い切れません。糖尿病の食事についても、それは奥様の側の愛情の欠如ではなく、単なる無知、つまり糖尿病の食事についての誤った固定観念のせいに過ぎない可能性だってあります。ましてや、それによって殺されるかもしれないと考えるあなたの発想は、率直に申し上げて、いささか被害妄想的に過ぎると言わざるを得ません。

ただ、この食事の件に関しても、そのほかの事柄に関しても、もちろん、あなたははっきりと自己主張すべきです。そして、ときには、怒りを露にする必要さえあるでしょう。もし、奥様たちがあなたを少しでも軽蔑しているとすれば、その責任の半分は、あなたのあまりに弱気な家族に対する姿勢にあります。

あなたには怒りが欠けています。

無意味な答えが、無機質な文字の羅列となって彼の眼前に広がっていた。その文面はさらに後半へと続いているが、それは、やはり無意味な反復でしかない。その妻が男を愛していたかどうか、そんなことは誰にも分かりはしない。そもそも、男も妻も初めから存在していないのである。

だが、この回答は二つの点で彼を満足させた。一つは、それがその音楽評論家の持つ健康で凡庸な人生観を、脳の断層写真のように鋭利に摘出して見せていること。もう一つは、人生相談の回答は常に決定不能な袋小路に閉じこめられるという原則を忠実に裏書きしていることである。いったい、自己主張ができない男に対して、自己主張を勧める回答は、脱出口を永遠に失った同語反復以外の何物でもなかった。

ただ、回答者の技量は、こういう反復にけっして気づかせないこと、同じことをまったく違った断面に切り取ってみせる言語的修辞の鮮やかさにあるはずだった。しかし、この点でも、この回答者は落第だった。彼は再びその言葉を口ずさんだ。「あなたには怒りが欠けています」。この修辞が、彼に対して一定の負の効果を持ち得たのは、もちろん、その修辞の固有の卓越性などとは無関係で、それが偶然、彼の内奥に潜む心象風景の原画に働きかけたからに過ぎなかった。

テレビコマーシャルが流れて、彼はふっと息を抜いた。このコマーシャルが終わる一分三十秒後、彼の相談が初めてテレビのワイドショーの人生相談で取り上げられるはずである。彼はこれまで別々のテレビ局の異なった番組に、四度電話をかけ、三度手紙を書いた。そして、その中の一通の手紙が幸運を引き当てたのである。一週間前、その番組の担当ディレクターから突然、電話がかかった。午後の三時から放送されているその局の人気ワイドショーで、彼の相談内容が取り上げられることになったという知らせだった。

ディレクターは、彼が手紙の中に書いた話を本当に全部取り上げてよいのか、執拗に念を押した。応募者があとから後悔して、番組の内容に言いがかりをつけ、裁判沙汰になることがままあるらしく、相手の話し方にはそれを警戒しているらしい口吻があった。

彼に異存があるはずがない。だが、「もちろん、構いません」と繰り返しながら、全身の筋肉が緊張で張りつめていくのを感じた。それは以前にはなかった反応だった。彼は初めて本当の話をその手紙の中で書いたのである。

ただ、時間的な遡行は避けられなかった。その結果、彼は失職もしておらず、妻子とともに暮らす、豊かな年収に恵まれた予備校講師という前提が出来上がった。

彼が経済的に恵まれていることは、妻の吝嗇を際立たせるためには特に重要で、省略するわけにはいかなかった。それはまさに過去の生活の正確な再現だったが、彼は今の無収入の経済状態を思い浮かべて、以前と比べて著しく控えめなこの虚構にも、いくばくかの罪悪感を感じた。

彼はやはり、依然として妻を憎んでいた。ただ、その憎しみの根源に、彼はなかなかたどり着かなかった。そうしているうちに、早くも三年という月日が流れ、彼の妻に対する憎しみは著しい突起を示しながら、外科手術の必要を持たない背中の良性腫瘍のような、無意味だが目障りな痼《しこり》のような存在と化したのである。

いつものキャスターの顔が大写《アップ》しになり、人生相談のコーナーが始まることを告げた。まず、レギュラーの回答者が紹介される。歯に衣着せぬ言論と、それを補う巧みなユーモアで知られる女性弁護士だった。もう一人、ゲスト回答者がいるはずである。この二人が、司会役のキャスターも交えて互いに討論を戦わせながら、相談者の悩みに答えるという形式でこのコーナーは進行した。

彼はゲスト回答者の顔を見て、愕然とした。例の音楽評論家だったのである。

急速に期待が遠のくのを感じた。この音楽評論家が、どんな凡庸な意見の持ち主か、新聞の人生相談で実証済みだったのである。

だが、テレビ局が女性弁護士に対してなぜこの音楽評論家をぶつけたのかは、おおよその察しがついた。女性弁護士は民主主義的な意見を標榜《ひょうぼう》するリベラル派と見なされ、同時に主婦層の健全な常識の代弁者でもあった。一方、音楽評論家は、「人生の達人」という異名を取るほどその柔軟な生き方を売り物にしてはいたが、そのじつ、政治的には保守的で、思想的には民族主義的なタカ派というイメージが強く、かつて女性の権利について問題発言をして物議をかもしたことがあった。

こういうイデオロギー的対立がもたらす、ある種の演出効果をテレビ局が期待したことは確かだった。だが、二人にとって、イデオロギーなどというものは、外部に対してのみ示す装身具《アクセサリー》ほどの意味しか持っておらず、二人とも、きわめて健全な平衡感覚の持ち主だったから、二つの対立項がやがて穏当な結論に向かって収束することが容易に想像された。

彼の相談は、スタジオ内のセットの中で演じられるドラマとして紹介され、ところどころにかなり修正が加えられた彼の手紙の文句が、ナレーションという形で断片的に挿入された。ドラマの演出は、むしろ、喜劇性を基調としていた。妻を演じる女優は漫才師として、そこそこに知られた人物で、その誇張された演技はスタジオ内でドラマの進行を見守る見学客たちの笑いをよんだ。

だが、彼はこの極端な戯画化に怒りを覚えることもなく、ふとこれも一面の真実かもしれないと思う。彼があれほど絶望していた妻の吝嗇も、端から見れば、しょせん、この程度に滑稽なものにしか映らなかった可能性はあった。そして、その吝嗇を病的に憎んでいた彼の姿も、同じように滑稽だったのではないか。実際、そのドラマの中で彼を演じる男優が、妻の一挙手一投足に苛立って見せる演技は、とうてい深刻なものとは見えず、やはり、同じような笑いを誘っていた。

子供の真一は、ドラマの登場人物としては登場せず、ナレーションで軽く触れられただけだった。彼が手紙の中でかなり詳しく書いた痙攣や知的障害も、「体が弱い」という曖昧な表現で、軽く紹介されただけである。テレビ局が人権問題の絡む微妙な問題を避けたのは明らかだった。

音楽評論家と女性弁護士の討論が始まった。ドラマの雰囲気を反映してか、最初は皮肉交じりの軽い冗談の応酬だった。彼の目は、女性弁護士よりも、音楽評論家のほうに引きつけられて離れない。その音楽評論家が番組の性質と視聴者層を意識しているのは明らかだった。普段、同じ局のもう少し堅いクラシック音楽番組に出演しているときよりも、遥かに砕けた調子の軽いのりで喋っている。新聞の人生相談のときとも、まるで雰囲気が違う。

もうすでに六十歳を超えているはずなのに、ひどく若く見え、服装もラフで、派手なチェックの柄物のスポーツシャツを着ている。やがて二人は、司会者に促されて本題に入った。最初に話したのは、女性弁護士のほうである。

「私、ある意味ではこの奥さん偉いと思うの。これだけ贅沢が当たり前みたいになってる時代に、これだけ質素な生活にこだわれるってことは、すごいことなのよ。もちろん、行き過ぎている点はあると思います。でもね、それをただ軽蔑したり、馬鹿にする前に、どうしてこの奥さんがこうしているのか、考えてあげなくっちゃ。特に、夫には責任があるのよ。きっと、この奥さん、長い間、主婦しているうちに、夫に対してこういう尽くし方しかできなくなっちゃったんじゃないかしら。倹約して家庭を守るってことが最高の美徳って信じてるのよ。それが夫にはただのケチにしか映らないことも分かっていない。これは悲劇よ。でも、その責任の一端は夫にもあるんです」

女性弁護士は、断定的な口調でこう言い放った。すると、待ちかねたように音楽評論家が話し出した。

「あなたなら、きっとそう言うだろうと思ってたよ」

まず、軽い揶揄《やゆ》で挑発してみせる。

「それどういう意味？」と、女性弁護士は気色ばんだが、その声には演技的な媚《び》態《たい》が感じ取れた。スタジオ内に軽い笑いが起こった。

「いや、僕の言いたいことはね……」

音楽評論家の声が、突然、奇妙に沈んだ深刻な調子に変わった。彼は、なぜか体内に不安の波のうねりのようなものを感じた。

「僕たちが今見たドラマで、この夫を非難するのは、アンフェアーってことですよ。さっき僕、控え室でこの人の手紙の全文読まされたんだけど、ぜんぜん違う話なんだよね」

「それはドラマとして再現していますから、細部まで完全に同じというわけにはいきませんが、大筋としては、故意に話を変えることはしていませんが……」

司会者が慌てて言い訳するように口を挟んだ。しかし、音楽評論家はこれを無視して話し続けた。

「僕はむしろ、この手紙を書いてきた夫の気持ち、よく分かったなあ。今のドラマ見たんじゃ分からない。なんて言うか、調子がぜんぜん違うもの。もっと、深刻な悩みですよ。こういう番組に手紙書いてくる人って、普通は主婦が多いでしょ。ところが、このケースは夫のほうが書いてきている。それだけでも、その深刻さが分かりますよ。奥さんの吝嗇の具体例を綿々と書き綴っている。それに、ドラマと違って、書かれていることはぜんぜん嘘臭くなくて、妙に現実感《リアリティー》がある。僕自身、手紙読んでて、本当に暗い気持ちになりましたよ。もしこれが本当なら、この奥さん完全に異常だと思ったもの。今のドラマではあんまり触れてなかったけど、息子さんに知的障害があって、夫はそれが奥さんの吝嗇の原因になってるんじゃないかって推測してるんだけど、僕は関係ないと思う。病気の息子さんの将来のために倹約しているなんていう、常識的な発想じゃあこの奥さんの吝嗇は説明がつきませんよ。奥さんのほうはそれを口実にしているのかもしれないけど。ずばり言って、僕は、この奥さんは病気なんだと思う」

スタジオ内に予期せぬ緊張が走っているのが、画面の外からでも分かった。音楽評論家の口から「病気」という言葉が発せられたとき、司会者の顔に微かな当惑の色が浮かんだ。彼自身、予想外に鋭い切っ先が彼のほうに向けられているのを感じた。

「吝嗇も、ここまでいくと狂気なんだな。ほら、よくあるでしょ。宗教と狂気の関係。あれに近いですよ。ここまでしつこく吝嗇を見せつけられちゃうと、男としてはたまらないですよ。この嫌悪感はとても言葉には表せないものなんだな。それに、こういう人は、宗教に凝り固まっている人と同じで、他人が説得したってなかなか直らない。それを夫の責任と言われたんじゃ、あんまり気の毒ですよ。夫に責任があるとすれば、この奥さんの吝嗇が医学的な治療を要する病気だということに気づいてないということだけじゃないですか」

「そんなのムチャクチャですよ。そんな言い方したんじゃ、この奥さんがかわいそうよ。奥さんがこんなになっちゃった責任は、当然、夫にだってあるはずです」

女性弁護士がたまりかねたように言葉を挟んだ。だが、その声は不意を衝《つ》かれたように余裕を失い、剥き出しの狼狽《ろうばい》がこもっていた。

「僕は責任問題を言ってるんじゃない。もっと、もっと、深刻な問題なんですよ。誤解を恐れずに言うならば、この奥さんみたいな人は生きてちゃいけないんだ。僕には、そうとしか感じられないんですよ」

女性弁護士は、一瞬、息を飲んで黙り込んだ。確かに、誰の目にも暴力的な確信に満ちた音楽評論家の発言は、錯乱としか映らなかった。だが、そのほとんど突発的な爆発と言っていいような暴論には、無視も反論も許さぬような真摯さがあった。

「それは、そんなに倹約ということばかりにこだわっていたら生きられないから、もう少し柔軟性をもって気楽に生きたほうがいいという意味なんですね」

司会者がようやく口を開いて、音楽評論家の発言をもっと穏やかな趣旨に誘導しようとした。だが、あたかも、途方もなく膨大な世界の不満を一身に引き受けて、苛立っているようにさえ見える音楽評論家は、きっぱりとこれを拒否した。

「いや、そういう意味じゃありません。やっぱり、この奥さんは生きてちゃいけないんだ。この夫は、そういう破廉恥な存在に耐えられないって、僕たちに訴えてるんですよ。人間には尊厳というものがある。その尊厳を失った、卑しさの塊みたいな人間を拒否するのは、僕たち真っ当な人間の当然の権利なんですよ」

女性弁護士が、これ以上黙っていたら沽券《こけん》に関わると言わんばかりに口を開こうとした。だが、その一瞬、司会者が唐突に、「ここでＣＭを入れます」と叫ぶように言った。

再び、一分三十秒のコマーシャルが流れる間、彼は体を硬直させたまま呆然としていた。音楽評論家が言ったように、妻は実際、病気だったのかもしれない。確かに、妻のあらゆる立ち居振る舞いは、そう考えるとすべて説明がつくようにも思われるのだった。

要するに、音楽評論家は彼が無意識のうちに望んでいたことを、指摘して見せただけのことではないか。彼は妻をというよりは、その体質を憎んでいた。あるいは、子供の知的障害もその素因の中に包括して考えていた。妻に対して、彼が言い放った残酷な言葉の数々は、長い時間をかけて妻の心の奥深くに沈潜し、やがてそれは妻の桎梏《しっこく》を解き放ち、碧く澄み渡った海の凪《なぎ》のような覚醒をもたらした。

その瞬間、妻は彼の苛立ちの意味を悟り、同時に彼が望んでいることをはっきりと意識した。妻は、彼の願望を無視するには善良すぎた。だが、その善良さもまた、治癒不能な体質に負うものであったというのは、皮肉というほかはない。

不可解なのは、あれほど卑俗な常識と世渡りの知恵に長けた「人生の達人」が、ほとんど発作的ともいえるような態度で、なぜあんな危険な発言をしたのかということだった。彼の印象では、音楽評論家はイデオロギーの世界ですらタカ派を気取りながら、巧みに世間との妥協をはかり、無謀な孤立を避けているように見えた。しかも、今度の場合、思想的な議論の場で発言したのとは、わけが違った。

イデオロギー的確信が個人を断罪するときの危険に、あの男が気づかなかったはずはない。それが分かっていれば、しょせん他人の相談事に自分の人生を懸ける価値などあるはずがないことは自明だった。圧倒的な人生の勝利者として、あるいはただの傍観者として、適当な言葉でお茶を濁しておけばよかったのだ。だが、不用意な口のスリップにしては、すべての言葉が真摯にすぎ、言語の修辞の問題にしては、すべての言葉が的確すぎた。

彼は、コマーシャルが終わったあとの画面を正視できなかった。音楽評論家は、ほとんど発言せず、異様に打ち沈んでいるように見えた。その表情から若々しさが消え、年齢相応の皮膚の皺と白髪が、突然のように目立ちはじめた。コマーシャルの間に、担当ディレクターが強い警告を発した可能性があった。あるいは、いかにも世論に敏感そうな、司会を務めるキャスター自身が、相当な覚悟を込めて抗議したのかもしれない。もちろん、自分自身の保身のために。

実際、司会者は、いまだにすっかり混乱していて、意味不明な曖昧な言葉を繰り返していたが、口数だけは奇妙に多かった。女性弁護士は比較的冷静さを取り戻しているように見えた。ただ、言っていることはひどくお座なりで、その噛んで含めるような喋り方の白々しい響きは、如何ともしがたかった。

この夫婦が正常な人間関係を回復する可能性が十分にあることを強調し、その方法をさも熱心そうに説いていたが、むろん、そんな方法があるはずがないことを彼自身が一番よく知っていた。じつを言うと、彼には相談すべき人生などなかった。彼の人生は、三年前にすでに終わっている。妻は、七歳の一人息子を道連れに自殺しているのだ。終わってしまった人生について、誰が何を語ることができるだろう。

その決定的な事実を、彼は砂を噛むような思いで反芻した。彼はふと画面から視線をはずし、虚空を凝視した。妻のいかにも善良そうな、しかし頑迷な顔が思い浮かび、それは彼のほうに向かって笑いかけているように見える。彼は不意に涙を浮かべた。それから、すでに画面の中から消えてしまった音楽評論家に向かって、心の中で叫んだ。

（おまえは、何も分かっていない。これではあんまり妻がかわいそうだ）

主体と客体が転倒したような不思議な気分で、彼はこの言葉を心の中で繰り返し、やがてテレビのスイッチを切った。

彼が避けてきたこと、それはなぜ妻が死んだのかを考えることだった。不思議なことに、彼は長い間、自分が避けていたものがそれであることに気づかなかった。彼はできるだけ死んだ妻や子供の顔を思い出さないようにしていた。それでも、まったく思い出さないことなど不可能だった。そして、二人の顔を思い出すとき、それは決まって最後の死顔なのである。その死顔が彼の頭にこびりついて離れず、二人の日常生活の顔はどうしても浮かんでこないのだ。だから、彼はその死顔の記憶を抹消するために、妻と子供に関する記憶の回路には、一切、近づかないように用心した。

だが近ごろ、彼の心境に、ある変化が生じていた。彼は、妻と子供の死顔を思い浮かべることを恐れなくなりはじめた。すると、いまさらながら妻の死の決意が不可解なものに思われてくるのだった。遠い記憶の闇から、断片的で瞬間的な事件の細部が、山腹に点綴《てんてい》する人家の明かりのように彼の網膜に映り、やがて、それは早朝の靄の中にその相貌をぼんやりと現す集落程度の輪郭を帯びた。

二人の死体を最初に発見したのは、彼自身だった。予備校の夜間部の授業を終えて、夕食は外食で済ませて帰宅したのが夜の九時前後。一階の食堂と居間を兼ねた部屋には、妻も子供もいない。

だが、そんなことは格別なことではなかった。その時間帯には、妻は二階の寝室で真一を寝かしつけようとしているのが普通だった。小学校一年生の真一は、朝早く起きるのが苦手で、そのぶんだけ宵っ張りだった。だから、妻は九時ごろから就寝の準備に入り、十時までには寝かせようとした。彼が帰宅すると、真一のために物語を読んで聞かせる妻の声が二階から聞こえてくることがよくあった。

だが、その夜は二階はしんと静まり返り、物音一つしなかった。その張りつめたような異様な静寂に、彼は胸騒ぎを覚えた。台所から、ステーキの肉を焼いたときのような油の臭いがする。普通の家庭ではよくあることだったが、彼の家ではほとんどあり得ないことだ。

奥の台所に入って、消えていた明かりを灯《とも》すと、流しの横のガスコンロの上のフライパンの中に、ステーキ用に使ったと思われる牛脂《ヘット》が二つ、油分をすっかり失った半透明色となって残っている。流しの水の入った金盥《かなだらい》の中に、洋食用の皿二枚がナイフやフォークとともに沈んでいるのが目に入った。妻が、子供とともにステーキを食べたらしかったが、その本来なら好ましいはずの事実は、彼の胸騒ぎを加速させただけだった。そして、なぜか食堂のテーブルの上に置かれた預金通帳と印鑑の束を見たとき、その胸騒ぎは明瞭な不吉な予感に変化した。

階段を上がる彼の足が震えている。階下で妻と子供の名を呼んだが、返事はなかった。二階には、手前に彼の寝室を兼ねた書斎、その向こうに妻と子供の寝室があるだけだ。二階に上がると、彼はまず自分の書斎に入って呼吸を整えた。

何かが起こっているのは、明らかにその隣の部屋のはずだったが、妻の部屋にいきなり飛び込んでいく勇気はなかった。彼はもう一度、掠れた声で妻と子供の名を呼んでみる。再び、気味の悪い沈黙。彼は、顔を黒マスクで覆った誰かが息を凝らして隣室の戸口の背後に潜んでいる姿を想像した。だが、その想像にもう一つの想像が重なったとき、彼は心筋が引きつったようになって棒立ちになった。その黒マスクを被った誰かは、妻と同じ顔をしていたのである。

妻の部屋の扉を押し開けたとき、頭上に覆い被《かぶ》さるように闇の中央に浮遊する黒い影を感じた。彼は予感の的中を決定的に感じ取った。震える手で戸口付近の壁の上にあるスイッチを押す。煌々《こうこう》と明かりが灯って、縊《い》死《し》した妻の顔をつぶさに観察する恐怖に目を閉じた。だが、蛍光灯の豆ランプしか灯っていない。恐怖に全身を震わせながら、彼は頭の片隅で、妻の作為を意識した。

妻は蛍光灯の紐《ひも》をあらかじめ引いておき、スイッチが入っても、豆ランプしか灯らない状態にしておいたに違いない。彼が、変わり果てた妻の顔面の相貌を見ることによって受けるであろう衝撃を緩めるために。それでも彼には、闇の中でかえって効果を上げる薄明かりの中で死んでいる妻の青白い顔がぼんやりと見えた。しかし、痩せこけた頬と狭い額にまばらに落ちかかる髪の毛がちらりと見えただけで、彼はその顔から視線をそらした。

蛍光灯と天井を結ぶ、けっして強固には見えないコードの付け根に、複雑な結び目で柄物の紐が結ばれ、それは光と影の交錯によって微妙な模様を描き出していた。彼は、縊死のためのこんな脆弱な仕組みで妻の体が支えられたことに驚きを禁じ得なかった。彼は早鐘のように打つ心臓の音を聞きながら、その脅えた視線を妻の痩せ細った胴部《ウエスト》のほうに投げた。

妻の死体がぶら下がっていた真下のベッドに、真一が仰向けに横たわっていた。白いシーツが肩の辺りまで引き上げられ、顔には白いタオルが被せられている。近親者が殺した場合の典型的な殺害現場だと、彼は呆然《ぼうぜん》とした心の奥底で思った。だが、不思議なことに、その近親者と妻は結びつかなかった。

タオルを取る。真一の小さな顔がまるで帰宅した父親を出迎えるように、彼の目の動きを追っている。いや、そう感じたのが錯覚であるのは明らかだった。真一は口を半開きにして、笑っているように見える。だが、凝固したように動かぬ眼球は、虚空《こくう》の一点に据えられているだけだった。微量の鼻血が流れ、細い首筋には鬱血《うっけつ》を伴った索溝があった。右手に、真一が好きだったウルトラマンのプラスチック人形が握りしめられている。

彼は、友達がいなかった真一が、その人形を持って一人寂しく公園の砂場で遊んでいた姿を思い浮かべた。不憫《ふびん》に思った彼が、遊んでやろうと近づくと、「僕もう小学生だよ。パパと遊んだらおかしいよ」と奇妙に大人びた口調で言う。だが、そう言いながらもその澄んだ瞳と笑顔には、父親の愛情に対する揺るぎない確信が浮かんでいるように見えた。

その過去の記憶が蘇った一瞬、堰を切ったような激情が彼の体内で膨張した。真一の小さな体に自分の顔を押しつけて号泣しようとした。だが、声が出ない。涙も出ない。ただ、全身に痙攣を感じながら、彼はまだ微かに残っているように思われた真一の体の温《ぬく》もりを抱きしめた。

それから起こった事柄の細部を彼はほとんど記憶していない。音の記憶は、けたたましいサイレンを鳴らしてパトカーと救急車が到着したところで中断している。そのあとは、すべてが無声のフィルムのように進行した。覚えているのは、彼の帰宅時間に関する質問が刑事たちによって執拗に繰り返されたことだけである。その質問にどう答えたのかは彼はほとんど覚えていない。

彼はしばらくの間、被疑者のように扱われた。考えてみれば、単純な自殺事件ではなく、母子による無理心中事件の可能性が高かったから、それも当然だった。刑事たちが彼の帰宅時間にこだわったのは、彼がこの無理心中を幇助《ほうじょ》した可能性を考えているためらしかった。

だが、彼は、ぜんぜん別の馬鹿げた思考の酩酊《めいてい》状態に陥っていた。妻と子供のどちらが先に死んだか考え続けていたのである。妻が真一を絞殺し、そのあとで首を吊ったのであり、その逆の順序などまったくあり得ないということさえ判断できないほど、彼の意識は混濁していた。

彼の帰宅時間に関する質問が一段落したとき、尋問はこの事件の動機へと移った。このころまでには、所轄署の刑事に加えて警視庁の刑事も到着していたから、彼の小さな家は、足の踏み場もないほどごった返し、悲惨な事件の現場とも思えないほどの活況を呈した。一人の刑事が尋問の間に、簡略にこの事件の考え方を整理してみせた。

この事件は覚悟の無理心中の可能性が高いが、その場合、特に動機は重要であって、「誰もが納得するような原因」が究明されなければならない。そして、食堂のテーブルの上に置かれた預金通帳と印鑑や、夕食にステーキを食べた痕跡などは、動機を解明するうえでの重要な手がかりとなるだろう。

彼がその刑事の分析をそのときどう聞いていたのか、今となってははっきりしない。だが、ともかく、これが覚悟の無理心中であるというのは、彼自身漠然と感じていたことではある。あとで分かったことだが、預金通帳はすべて子供名義で、総計で二千二十四万五千二十九円の残高が記されており、妻が死の数時間前、近くの肉店で、百グラム二千円もするステーキ肉を二枚買ったのが確認されている。

だが、彼には「誰もが納得するような原因」を言い当てるなど不可能に感じられた。それは理由をまったく思いつかなかったということとも違う。さまざまな理由が彼の脳裏を掠めるのだが、どの理由も極度に焦点《ピント》の外れたカラー写真のように、限りなく不鮮明な色域に縁取られていた。そして結局、彼は「不可解」という言葉に行き着くのだった。

そもそも妻の吝嗇と自殺は、互いに相容れない強固に独立した概念であるように思われた。あの妻の吝嗇が遺伝的なものであれ、何かの強迫観念によって後天的に培われたものであれ、それは確実に一つの揺るぎない信念を志向していた。そして、その信念はある種の宗教性を帯びていたにせよ、あくまでも現世の中で意味を持ちうるものであるはずだった。

彼は何度も、預金通帳の預金残高の数字を思い浮かべ、その数字の現実性と不可解な無意味さに脅えた。彼は若くして、小さいながらも都内に自宅を持ち、自分自身でもそれなりの散財もしたから、妻がいかに切りつめた生活をしたとしても、およそ十年間で蓄えられた金額はせいぜいあの程度だったのかもしれない。だが、妻がそのために自らに課した犠牲を考えると、彼にはその数字は異様に少なく見えた。いまどき、二千万円程度の預金額を持つ家庭などざらにあることだろう。そして、さらに、十年間という年数と、彼の高額な収入を思い合わせると、そのことはいっそう際立つように思われるのだった。

むしろ、こう言うべきだったのかもしれない。妻は、十年間の病的な節約にもかかわらず、結局、わずかな預金額しか残すことができなかったのだと。そして、ある一瞬、妻はふとこのことに気づいて、死を選んだのではないか。すると、テーブルの上に置かれた預金通帳と印鑑は、妻の敗北宣言であり、同時に彼に対する皮肉な当てこすりだったとでもいうのか。

だが、彼は善良そのものだった妻の性格を思い出して、すぐにその想像をうち消した。（結局、分からないのだ）と、彼は何度も心の中で繰り返した。いくつもの解釈が思い浮かびながら、それらはすべて確信の一歩手前で揚力を失って消え去る。覚悟の無理心中と思われるのに、遺書がないのも解せなかった。あるいは、妻自身にとっても、その死の動機は不明だったのかもしれない。

事件後、彼は何度も所轄署に呼び出され、長時間に及ぶ事情聴取に晒された。このころになると、質問は、無理心中の動機に集中していた。死亡推定時刻が特定され、その時刻に彼が間違いなく予備校の教壇に立っていたことが判明してから、彼の幇助の可能性は明確に否定された。

しかし、動機についての刑事たちの質問は執拗だった。もちろん、事件の当事者は妻だったのだから、絶対的な動機を夫が提示するのが難しいことは理解できる。だが、それにしても供述には曖昧な点が多すぎると彼らが考えているのは確かに思えた。

彼がようやく真一の知的発達の遅れに言及したのは、三度目の呼び出しのときである。この遅すぎる言及にもかかわらず、それは取り調べの刑事たちを納得させるのに、目に見えた効果を発揮した。刑事たちは急に優しくなり、彼はまるで被疑者のような過酷な地位から、本来の被害者の地位を取り戻したように見えた。それからの事情聴取は淀みなく進んだ。刑事たちは、同じことを執拗に繰り返し質問することもなくなった。（これが彼らが欲しがっていた世間的な理由というやつか）と彼は思った。

彼は、警察が描いた典型的な悲劇の物語を受動的に受け入れた。子供の知的障害を悩み抜いた妻は、子供を絞殺し、自らの命を絶った。これでいいではないか。この単純な事実に明確な意味での誤謬《ごびゅう》はなかった。しかし、妻は子供の障害を本当にそれほど悩んでいたのであろうか。だいいち、その知的な成長の遅れというのは、きわめて微妙なもので、特に小学校の一年程度の低い学年では、さほど顕著には表れてこない。彼と妻は子供の問題でそれほど深刻に話し合ったことはなかった。

「大丈夫。大きくなってくれば、自然に普通になるわ」と、妻は自分自身を励ますように言った。この見通しが誤っていたとは必ずしも言えない。痙攣の頻度は下がっていたし、真一の担当医も、将来の楽天的見通しを否定しなかった。実際、小児の痙攣やアレルギーなどは、子供の成長とともに自然治癒することが多かったのだ。

だが、妻が子供の将来と経済的な不安を結びつけて考えていたのは確かである。その不安は、彼の職業の特異な性質とも無関係ではなかった。彼は若いころから、世間的な基準でみれば、異常ともいえる高額な収入を得ていたが、それは人気という曖昧で不安定な要素に依拠するもので、本来の教師稼業とは掛け離れた危険な職業といってよかった。その人気が、この業界で持続するのはせいぜい五年程度と考えられていた。

そして、当然のことながら、人気がなくなれば講師は冷酷に切り捨てられる。いきなり解雇される例も皆無ではなかったが、普通は最初に授業コマ数の減少を言い渡される。特に、ある一定の年齢を超えた時間給の高い講師の場合は、極端にコマを減らされ、年収も半額以下に落ち込むことがあった。そして、翌年は、辞めろと言わんばかりの、もっと惨めな授業コマ数しか与えられないことが予想された。高収入であればあるほど、この凋落《ちょうらく》の落差は大きく、耐え難いものになる。このような真綿で首を絞められるような陰険な仕打ちに耐えられず、結局、自暴自棄になって辞めていった同僚を彼は何人も見ていた。

実際、これが予備校における解雇の基本的な実態だった。おそらく、どの講師もそういう過酷な状況が近い将来、自分にも訪れることを予感し、恐れていた。彼自身、人気の翳《かげ》りの前兆を感じないわけではなかった。特に、受験人口そのものの確実な減少が見込まれる将来の冬の時代に備えて、予備校は徹底的なリストラを推し進め、時間給の安くて済む若い講師を新規採用し、四十歳以上の中堅から長老格の講師と入れ替えはじめていた。

彼は、すでに四十歳を超えていたから、危険な年齢にさしかかっていた。実質的な減収の被害はなかったが、それだけに、不安は増幅される。嵐が来るのを海岸で待ち受け、その波のうねりの大きさを予想して呆然とする漁師のように、彼はときたま将来の暗い見取り図を思い描いて嘆息した。

妻は、このことを彼以上に恐れ、不安がっていた。そして、そういう不安と真一の病気が相俟《あいま》って、妻の吝嗇を強固で病的なものにしていることを知っていた彼は、かえって自分の享楽的な一面を過大に見せるように心がけた。考えてみれば、妻の吝嗇は彼の不安の正確な投影に過ぎないとも言い得たが、だからこそ彼はそれを特に許し難いものと感じていたのである。

妻の死後、彼はほとんど投げやりな授業しかしなかった。その結果、当然、生徒の評価は急速に低下した。開講時に教室を満杯にしていた生徒の数は、夏休み前には四分の一以下になった。だが、彼の事情を知っていた予備校の教務課は、こういう事態では普通は考えられないほど奇妙で寛容で同情的な態度を示した。

年度の終わりに、教務部長がひどく婉曲な言葉を使って軽い注意を促しただけで、次年度もまったく同じ数のコマ数を提供された。周りの同僚たちは、驚きと羨望のこもった視線で彼を見つめた。確かに、人気至上主義の厳しい競争原理の働く社会の中で、そういう特別待遇を受けることは異例中の異例だった。

だが、彼にはそういう同情を受けること自体が絶望的な人生の証《あかし》のように思われて、苦痛以外の何物でもなかった。彼は、それ相応の懲罰を望んでいたのである。

彼はますます偽悪的になって、新学期も同じことを繰り返した。板書もろくにせず、ただ小声で単調にテキストを読み上げるだけで、ひどいときは三十分も前に授業を切り上げてしまう。生徒が単に教室を去るだけならまだよかった。教務課には生徒からの抗議が殺到した。そうなると予備校側としても黙認するのは不可能になった。

彼は教務部長に再び呼び出され、話し合いを持った。しかし、この時点でさえ、教務部長が彼を解雇しようとしていたとは考えにくい。彼とは十年以上の付き合いになる教務部長は、悲しみと当惑の交錯したような苦笑を浮かべて、「昔の先生に戻ってください」と繰り返した。彼はこの厚情に感謝しながらも、あっさりと自ら退職を申し出た。講師の交代の激しい予備校界でも、病気でもない限り年度の半ばで講師が変わるのはきわめてまれだったが、予備校側もあえて引き留めることはしなかった。

妻と真一の葬儀は、東京郊外の交通の便の悪い、火葬場を数十メートル以内に併設する斎場でひっそりと行なわれた。冬を間近に控えた十一月の末のことで、その日は朝から雨が沛然《はいぜん》と降りしきり、足場の悪い斎場の入り口で参列者たちは足をとられて難儀した。彼は斎場の軒下近くにまで低く垂れ込めているように思われる厚い雨雲を見上げながら、死んだ妻の生まれ故郷の雨と靄に煙る鬱蒼とした暗い街並みを思い浮かべた。

妻の生まれた町は、四方を低い山の尾根に囲まれた盆地帯で、その著しい光の不足が町の風景に、ある特異な陰影を描き出していた。山間地帯特有の気候だったのか、季節に関係なくひどく雨の多い地域で、実際、彼が訪れたとき、ほとんどが雨か曇天だったという記憶しか残っていない。舗装もされていない土埃《つちぼこり》があがる道は、雨が降るたびごとに粘土をこねたような泥道に変わった。妻の実家の裏を流れる濁流は、数ヶ月に一度の頻度で発生する大雨のとき鉄砲水で異様に水かさが増し、鼠《ねずみ》など小動物の死骸が川沿いの土手に打ち上げられた。活気のない商店街。妻の両親が経営する家具店だけが場違いに見えるほど広大な空間を占め、そのほかの零細な小売店のうらぶれた街並みと際立った対照を示していた。

彼は、自動車産業や楽器産業の発達した活気と光の溢れる海辺の町で育ったから、そういう暗く湿った気候風土も、活気のない街並みも、まばらで停滞した人々の流れも肌に合わなかった。その町に産業といえるものは乏しく、かといって観光名所もなかった。そこには、無機質で曖昧な、適度の稠密《ちゅうみつ》性と適度の過疎性があるだけだった。

　葬儀に参列した妻の両親の表情も、そういう町の没個性を帯びたかのように、恐ろしく変化のない、酷薄なものにさえ見えた。二人とも、彼とまったく口をきくこともなく、涙一つ浮かべることもなかった。

　二人の表情から、何かを読みとることは不可能に思われた。特に娘の死を嘆き悲しんでいるようにも見えず、彼の夫としての責任を糾弾しているようにも見えず、ただ黙々と葬儀の進行に従って、いかにも退屈そうに自分たちの役割をこなしているという印象しかなかったのである。その印象は火葬炉の前で、いよいよ妻の死体が焼かれる寸前になっても、変わることがなかった。

　さすがに、それぞれすでに結婚して小さな子供たちを連れて参列していた妻の妹たち二人は、この一瞬、声をあげて泣いたが、これが妻と血縁にある近親者から漏れた唯一の悲しみの肉声だった。彼は、妻の死体が火葬炉の奥深くに押し込まれ、その扉が閉じられようとしているときも、妻の死体の表情から視線をそらせ続けた。それはまるで、殺人者が自分が殺した人間の死体から、顔をそむけ続けるのに似ていた。

確かに、その比喩もまったく的はずれではなかった。（この女は俺が殺したのだ）と彼は漠然と考えた。だが、それは明らかに罪の意識とは異なる感情だった。その証拠に、彼の目に涙はなかった。

しかし、真一が焼かれるとき、彼はまったく別の反応を示した。激しい慟哭《どうこく》の感情が湧き上がるのを抑え難く感じたのである。彼は最後の別れをするとき、真一の表情を凝視し、その冷たくなった頬に両手で触れた。その顔は、彼が最初に死体を発見したときと同様、笑っているように見える。思えば、わずか七年の短い人生だった。その間、彼は障害を抱えた真一と満足に遊んでやれなかったことを思い出して後悔した。

彼は忙しすぎた。売れっ子の予備校講師として、極端に過重なコマ数をこなし、家に帰ってきたときは疲れ果てていた。だが、そのほとんど肉体労働に近い労働が報われていたとは言い難い。妻の吝嗇が亡霊のように彼の行く手を阻み、その労働の代償として得られるはずの満足感を水のように押し流した。

彼は妻に対する苛立ちを、真一への苛立ちに転嫁したことさえある。理不尽な折檻《せっかん》を受けた真一は、もちろん、その意味を理解できず、妻に抱きしめられて泣きじゃくるばかりだった。当然のことながら、真一は彼よりも、妻のほうに懐いた。(早くママのところに行くんだ)。彼がこう呟いたとき、火葬炉が遮断される金属音が響き渡り、その直後に、背後で火柱が立ち上がるのが見えた。

妻と真一の骨が戻ってくるのを待つ間、彼は傘をさして火葬場の外に出て、その巨大な煙突から吹き上がる黒煙を眺めた。親戚や知人が集まっている待合室に入って待つ気がしなかった。彼はすでに途方もない孤独地獄が始まっているのを感知していた。形式的なお悔やみの言葉を言う以外は、誰も彼に近づいて真相を問いただそうとするものはなかった。ただ、彼には、葬儀に参列したほとんどの人々が、警察情報に基づいて報道された新聞記事を信じているように感じられた。

『母子、障害を苦に無理心中』

小さな目立たない記事だった。彼の名前は死体の発見者として載っていただけである。彼の特異な不幸の物語は、整然と配列された活字の格子のなかで、いつの間にかよくある話に変形され、造成地に手早く建てられた売り住宅のように、居心地よく紙面に収まっていた。巨大に膨張し、悪性の細菌のように瀰漫《びまん》していく夥しい世界の不幸の中で、それはいかにもちっぽけな取るに足らぬ事件に見えた。

火葬炉の煙突から吹き上がる煙が、向きを変えた風に煽《あお》られて西のほうに流れ出した。彼は虚《うつ》ろな目で、煙の行方を追い続けた。その煙にまるで随走するように、暗黒色を湛えた雨雲が同じ方向に流れ、空一面は夜のような不吉な闇に覆われた。だが、彼が腕時計を見ると、まだ午後三時半に過ぎなかった。彼はふと、やがて手元に届くはずの妻と子の遺灰を抱いて帰っていくことになる、海辺の町の夏の光を思い浮かべた。

紺碧の海の色彩以外のすべてが白く浮き立ち、ぼやけて焦点を失ったフィルムの陰画のように見える、あの故郷の海辺の風景を彼はこよなく愛していた。数年前に相次いで病死した彼の両親の墓も海の近くの寺院にあり、妻も子供もその同じ墓に入る予定だった。彼はまるで、流れ行く煙が彼の故郷の墓に向かう妻と真一の軌道であるかのように、相変わらずその流れから目を離さなかった。
そういえば、西は彼の故郷の方角に当たった。不意に濃厚な雨雲が切れ、その合間からめくるめく夏の日差しが差し込んでくるかのような幻想が彼の打ち沈んだ心をとらえた。だが、上空はますます勢いを増す雨脚に席巻され、大粒の透明色の雨滴が微《かす》かな危ういきらめきを残すほかは、一切の色彩を失った暗黒色に統一されていた。彼は体の芯まで冷え込むのを感じた。そして、今は夏どころか、これから立ち枯れの冬が訪れることを意識して慄然とした。やがて季節が巡り、夏の光がもう一度上空に差し込んでくる瞬間は永遠に失われたのだと彼は思った。

格子窓から差し込む初夏の日差しが、何も置かれていない机の上に楕円形の日溜まりをつくり出している。その殺風景で隔絶した取り調べ室が南向きであるにもかかわらず、それほど採光に恵まれているように見えないのは、灰色に薄汚れた印刷工場の高い壁が目の前に迫っているためである。それでも午後の一時を過ぎるころになると、相当量の日差しが室内に溢れ、空中に浮遊する埃と塵《ちり》とが交錯して、蜃気楼《しんきろう》のような不分明な絵柄を白一色の画面の中に出現させた。

午前中の取り調べは、隣から聞こえてくる印刷機の回る規則音のように、単調に、しかし、淀みなく進んだ。彼には、否認すべきものは何もなかった。次から次へと証拠品が提示され、彼は無表情に押し黙ったまま、首肯を与え続けた。そして、午前中の取り調べが終了する直前、凶器となった血痕の付いた出刃包丁が示され、まるでついでのように、その日の早朝、音楽評論家が運び込まれていた救急病院で息を引き取ったことを知らされた。

これで、彼の逮捕容疑は、殺人未遂罪から、殺人罪へ切り替えられることになるはずだった。このことを告げた中年の刑事は、さりげない口調で犯行当時における彼の殺意の有無を確かめにかかった。この取調官が誘導しようとしている方向は分かっていた。あるいは、彼の弁護士が殺意を否定し、殺人罪ではなく、傷害致死による処罰を主張することを警戒しているのかもしれない。だが、彼ははっきりと答えた。

「もちろん、殺すつもりでした」

温厚篤実《おんこうとくじつ》な表情をした中年の刑事は、驚いたように彼の顔を覗《のぞ》き込んで、「間違いないね」と念を押した。その声色には、まるで彼がその質問の重大さに気づいていないことを気遣うような親身な調子があった。彼はもう一度明瞭に同じ科白を繰り返しながら、窓の外の壁に乾いた視線を投げた。

あの夜、彼はテレビ局に隣接する割烹《かっぽう》のカウンターに一人座って、音楽評論家が現れるのを待った。すでに一週間、その店に通い続けていた。もちろん、絶対に探し求める男に会えるという確信があったわけではない。ただ、彼がまだ予備校に勤めていたころ、同僚とその店に入り、何度か、その音楽評論家を見かけたことがあった。いずれも夜の八時ごろで、おそらく番組収録後、担当プロデューサーかディレクターと思われる男と二人で談笑しながら酒を飲んでいたその姿を、ぼんやりと記憶していた。店の位置からして、テレビ局関係者の出入りの多い店であることは容易に推察された。

実際、その割烹は裏口を通してテレビ局の出入り口とつながっている構造になっている。彼はトイレに立ったとき、偶然、このことに気づいた。裏口を抜けると、左手にそのビル共通のトイレがあるのだが、右手のほうには「××テレビ通用口」と書かれた扉がある。その前の館内連絡用と思われる電話が置いてある簡易な机に向かって、いかにも無気力そうに見える守衛がぽつねんと座っていた。だが、彼自身はその扉が開くのを見たことはなく、テレビ局と割烹をつなぐ出入り口として実際にそれが使われているのかも不明だった。

音楽評論家は、たびたびテレビ出演していて、その顔はかなり世間に知られていたが、よく調べてみると、レギュラー出演していたのは、その局のクラシック音楽番組だけだった。彼は、この店であの男に会える可能性はかなり高いと判断した。もちろん、それには暇と金と忍耐が必要である。だが、この点では彼には十分な資格があった。失職していた彼は、有り余るほどの時間に恵まれ、妻の残してくれた預金は、底を突きはじめていたものの、まだそこそこに残っていた。それに何度も人生相談に応募していた彼は、待つという忍耐には慣れきっていた。

ただ、困ったのは、連日やってくる彼のことをカウンターの中で働く板前が、テレビ局のプロデューサーと思い込んでいることだった。饒舌《じょうぜつ》な板前は、愛想のつもりでたびたび話しかけてきて、彼を辟易《へきえき》させた。彼は進退きわまると、仕方なく何度もトイレに立った。そして、その夜も同じことが繰り返された。

店の裏口から、トイレに向かう通路に出る。腕時計を見ると、すでに九時を過ぎている。その店は十時に看板だから、あと一時間しかない。その夜も、無駄に終わる予感を抱いたその一瞬、右手のほうから扉が開閉する、ずっしりと重い音が聞こえた。彼は反射的にその方向を振り返った。音楽評論家が、連れの男と話しながら守衛の前を通り過ぎようとしていた。派手な柄と色の上着とネクタイを身に着けていたが、テレビで見るより遥かに老けて見える。いや、その顔には決定的な老いの色が浮かんでいた。

彼は不思議な気持ちでその光景を見ていた。何よりも不思議だったのは、その扉が開いたことである。彼は、この店に通い詰める間、何度もその扉を見ていたが、それは永遠に開く意志がないかのように常に微動だにせず、その前に座る守衛も、それが開くことをまったく信じていないように眠そうな目をしていた。そ れが開き、しかも中から、探し求めていた男が出てきたのだから、二重の驚きだった。それは確かに僥倖《ぎょうこう》だったが、同時に、まるで何かの手違いによって、そこから音楽評論家が出てきたかのような印象があった。音楽評論家は、連れの男と一緒に裏口から割烹の中へ入ろうとしていた。彼はとっさに、その前に立ち塞がった。

音楽評論家はぼんやりと彼を見ている。別に恐怖も驚きも、その顔には浮かんでいない。むしろ、連れの男のほうが苛立った表情で、通り道を塞いでいる彼を睨《にら》んでいた。反射的に上着の左内ポケットに右手を入れ、あらかじめ忍ばせてあった出刃包丁を探った。ひんやりとした金属の感触が指先に伝わる。やや手を引き上げると、ざらっとした木製の柄の部分を捉えた。彼の指はそこを強く握りしめた。心臓の鼓動も感じなければ、緊張感から滲《にじ》み出る冷汗もない。冷静だったというのとも違う。彼は一人芝居を演じる俳優のような、対象の希薄さを感じた。

だが、躊躇はなかった。いきなり出刃包丁を抜き出すと、無言のまま音楽評論家の腹部めがけて突き立てた。予想とはまったく違った感触だった。突き刺したというより、軽く触れたという程度の軽い衝撃しかなかった。だが、音楽評論家は前のめりに倒れ、両膝をついた格好で蹲《うずくま》った。連れの男は、止めに入るどころか、青ざめた表情をして後ずさりしている。音楽評論家の苦しそうな息づかいが聞こえ、そのシャツの腹部のあたりに血が滲んでいるのが見える。その一瞬、彼は自分が本当に刺したのだということを認識した。

　音楽評論家が顔を上げた。その掠れいく意識の中で、彼に向かって何かを問いかけようとしているように感じられる。もちろん、彼が何者なのか分かっているはずはない。しかし、こんな不条理な死は、誰だって歓迎できないに違いない。彼は理由を教えるべきだと判断した。

「おまえは、私の妻を侮辱した。思い上がるんじゃない」

　彼は自分の発したこの簡潔な、通俗的な言葉に満足した。世間はこの言葉を、ごく普通の意味で受け止めるだろう。音楽評論家は、二度、三度と頷いたように見えた。それは命乞いのために媚《こ》びてみせたというより、自分自身で納得しているという感じだった。だが、それが何を意味したのか正確には分明ではない。彼はもう一度、やはり無言のまま、胸のあたりを突き刺した。今度は、重く強い衝撃があった。音楽評論家は、ゆっくりと後方に倒れ落ち、その後頭部が床を打つ鈍い音が響きわたった。

守衛が、机の上の電話を取り、何かを大声で叫んでいた。その声には、ようやく眠りから覚めて正気を取り戻した人間が、自分の正気を確かめているような切実さがあった。彼は静かに凶器を床の上に置き、しっかりとした声で守衛に呼びかけた。

「早く警察を呼んでください」

午後からの取り調べは、遅々として進まなかった。取り調べにあたる中年の刑事が、殺人の動機に関する彼の説明になかなか納得しなかったからである。彼はその刑事の粘り強い執拗な質問に辟易していた。声を荒らげられるわけでも、面罵されるわけでもない。ただ、静かな口調で何度も同じことを質問される。彼が、それに答えると、すぐにはそれを否定しない。だが、しばらく間をおいたあと、小首を傾げ、「分からんなあ」と呟くように言い、質問はまた振り出しに戻るのだった。

　この刑事に比べれば、もう一人の若い刑事のほうが御しやすかった。言葉遣いは乱暴で、ときに大声で恫喝《どうかつ》さえしたが、そのわりに彼の説明を安直に受け入れた。彼は、この若い刑事が主導的な立場に立って尋問すれば、取り調べは短時間で終わるだろうと考えた。だが実際は、彼の目の前に座って質問するのは主に中年の刑事のほうだった。使い走りをさせられる若い刑事のほうは、席を空けることが多く、何度も室外に出ていき、戻ってきては短絡的にその尋問に加わるだけである。

　しかし、一度だけ、若い刑事と二人だけになる機会があった。彼は中年の刑事に向かってすでに何度も説明を繰り返していた殺人の動機を、もう一度最初から説明しなければならなかった。そして、彼の説明を聞き終わったあと、相手が発した言葉に思わず苦笑いした。

「要するに、被害者の発言に頭にきたってことだな」

　だが、次の一瞬、（考えてみれば、それでいいのだ）と思った。実際、ほかにどんな説明の仕方があったというのだろう。しかし、再び扉が開いて中年の刑事が戻ってくると、彼は、双六《すごろく》で不運な賽《さい》の目を振って、スタート地点に戻るときの気分に立ち返るのを感じた。

中年の刑事は、彼の人生相談の中身に重大な嘘があったことにこだわっていた。過去にインチキ話をでっち上げ、人生相談に応募し続けていた彼にしてみれば、その嘘は取るに足らぬ微細なものに思われたが、客観的に見れば、確かに妻と子供の死を隠蔽したという事実は、決定的な虚偽性を孕《はら》んでいた。妻と子供がすでに三年前に死んでいるにもかかわらず、なぜ、いまさらそんな相談を持ち込んだのか。それは、殺意の形成時点の認定とも微妙な関係があった。あるいはこの刑事は、初めから音楽評論家に敵意を持っていた彼が、故意に虚偽の人生相談を持ちかけ、罠にはめようとしたと考えているのか。

彼が以前の新聞紙上における人生相談の話を喋っていれば、その事実はそういう考え方を裏付ける強力な傍証となったはずだが、彼は話がこれ以上ややこしくなるのを嫌って、その供述を回避した。確かに、あの遥かにでたらめな過去の人生相談がバレたとき、彼の犯行は有名人に付きまとう狂人による通り魔的な犯行に変貌する恐れがあったが、彼はもはや世間がこの犯罪をどう見るのか興味を失っていた。だが、今のところ、目の前に座って、あたかも人生の求道者《ぐどうしゃ》のように真実を追い求めているように見える刑事は、むしろ、彼に好意的な解釈に傾きかかっているようだった。

「つまり、あんたは、もう過去に終わってしまった事件について、本当はあのときどうすればよかったのか、知りたくて手紙を書いたのじゃなかったのかね。そう考えると、あんたが奥さんと子供がまだ生きていることにした気持ちは、分からないわけじゃないが……」

日差しは弱まり、机の上の楕円形の日溜まりが一段と小さくなっていた。隣の工場から断続的に聞こえていた印刷機の回る音が止んでいる。格子窓から微風が流れ込み、時が午後から夕方へと移行しようとしている気配を感じさせた。

「そうかもしれない」

彼は、相手の言うことをすべて肯定しようと心に決めていた。そして、実際、そうしていた。

「そして、あんたが被害者の発言にかっとなったことも分からんじゃない。俺もあの番組の録画を見せてもらったが、確かに被害者の発言には行き過ぎた点があった。そのことは番組のスタッフの大部分が認めている。それにな、じつを言うと、あの男の私生活にもいろいろ問題があってね。まあ、そのことと今度の事件が関係しているとも思えないんだが……」

刑事は、彼がその話に関心を示すことを恐れるかのように、語尾を濁した。だが同時に、その口ぶりは彼の関心を密かに期待して誘っているようにも聞こえた。

「あんたは読んでないだろうが、読んどくのも悪くないな」

そう言いながら、いつの間にか手にしていた一冊の週刊誌を取調室の机の上に置いた。妖艶な赤いドレスの女が空疎な笑いを浮かべながら、彼を見つめていた。そのけばけばしい写真の表紙が、久しぶりに遠い外部の現実を意識させた。

刑事は、その週刊誌の、あるページを開いて、彼の目の前に差し出す。大きな活字の見出し語が、濁った光の輪を放射しながら、彼の瞳孔の底に力なく広がった。

『殺された著名音楽評論家の言うに言われぬ日頃の行状』

いかにも俗悪で三流週刊誌が好みそうな、持って回ったタイトルだった。しかし、確かに、読んでおくのも悪くない。彼は、すでに殺してしまった音楽評論家に、もう一度復讐するような気持ちでそう思った。

「読みたくないかね」

刑事の言葉が終わらぬうちに、彼の虚ろな目は、調律されたばかりの弦楽器の音調のように、寸分の齟齬《そご》もない行間を刻む格子模様の活字を追っていた。読み終わるのに、五分もかからぬほどの短い記事である。それは意外で、陰惨で、同時に滑稽な内容だった。ふっと暗い笑いがこみ上げた。笑うしかなかった。

彼のまったくあずかり知らない音楽評論家の私生活の暗部が暴露されていた。そして、それは普通そういう有名人に関する週刊誌ネタにありがちな、女性関係や金銭問題に絡むスキャンダルとは無縁な内容だった。

音楽評論家は殺される六ヶ月前、東京地検から軽犯罪法違反で略式起訴されていた。日比谷公園のトイレで白昼の覗き行為をしていたとき、被害を受けた女性に通報され、駆けつけた警官に現行犯逮捕されたというのだ。

音楽評論家のそういう奇癖には、常習性があった。遺族による法律的な訴追を免れるためか、暴露記事を売り物にする週刊誌に特有な韜晦《とうかい》的な言い回しを駆使して明言を避けていたものの、その行為が五年前に妻を亡くしたころから継続的に行なわれていた可能性を、その記事は示唆していた。そういう男が、日ごろテレビや新聞の人生相談で「人生の達人」を売り物にして活躍していたのは、とんだお笑いぐさというわけである。

「驚いたかね」

刑事は、彼のくぐもった笑いに気づかぬように、深刻な調子で訊いた。衝撃の反応を期待している節があった。彼は、不意に音楽評論家が彼の妻について語った「尊厳」という使い古した言葉を思い浮かべた。

「いや、別に驚きません」

実際、驚いたというのは、的確な表現とは言えなかった。彼の感情の起伏は、永久に出口を失った迷路に迷い込んだように、完璧な停止状態にあった。

「そうかね。確かに、なんでも起こる世の中だからね。しかしね、仕事だから、俺のほうもこの記事の裏を取ったよ。事件と関係があるとは思えなかったけど、何かの参考になるかもしれないと思ったから。残念ながら、この記事はほぼ正確だったね。亡くなった奥さんがひどい老人性の徘徊症で、彼もずいぶん苦労したらしいよ。ストレスが溜まってたんだろうな。すごい愛妻家だったっていうからな。でも、あの病気の看病は、一日も体も心も安まることがないのが特徴なんだよ。それで奥さんが死んだあと、そのストレスがどっと吹き出したんだろうな。人生相談の回答者なんかをやっていたのも、いけなかったんじゃないのかな。あんなものやるもんじゃないよ。しょせん、他人の人生なんか、分かるわけないじゃないか。だがな、それにしても……」

刑事は再び気を取り直して、取り調べの継続を決意したかに見えた。しかし、刑事の言葉が反転して、もと来た思考の回路へ戻ろうとした瞬間、彼の内部で何かが弾け、彼は裏返った声で叫んだ。

「そうだ。私は、あの男に頭にきたんだ。人間には、言っていいことと悪いことがある」

「つまり、あんたは本当は死んだ奥さんを愛していた。だから、あの男が、あんたに味方して、奥さんについてひどい言い方をしたとき、かえって反撥した。彼があんたの手紙の真意を理解しないで、あるいは故意に曲解して、奥さんを中傷したとでも思ったのか」

　冷静にこう言い終わった刑事は、彼の顔をじっと覗き込んで答えを待つ。これを肯定すれば、とりあえず話は前進し、彼は一時の休息を得るだろう。だが、いずれ反転と遡行が起こり、再び思考の袋小路が待ち受けていることは確かだった。彼は、意を決したように、初めて刑事の問いを否定した。

「いや、そうではない。私は死んだ妻なんか愛していない。今も、昔も。それにあの男は本当のことを言ったんだ。だが、私にはそれが許せなかった」

　刑事は混迷を極めた表情で、落ち着きなく、体をいくぶん後方にそらせる仕草をした。その顔は、「不可解だ」と言っている。それから、しばらく間を置いたあと、揶揄とも本気ともつかぬ口調で言った。

「まあ、落ち着いたら、手記でも書くんだな。世間が納得する殺人の動機をな」

彼は、心の中で乾いた声をたてて嗤った。そんなものを書いたところで、もう一編の愚にもつかない虚構の人生相談が出来上がるだけだろう。だが、それも悪くない。

再び、印刷機の回る音が聞こえはじめた。

解説

細谷《ほそや》正充《まさみつ》
（文芸評論家）

前川裕のデビュー作『クリーピー』が、今年（二〇一六年）、大きな話題を呼んでいる。当然だろう。二〇一一年、第十五回日本ミステリー大賞新人賞を受賞した『クリーピー』は、刊行時から評価が高かったが、一四年に文庫化されると、さらに注目を集めるようになった。今年の六月には、黒沢清監督の映画『クリーピー　偽りの隣人』が公開され、それもあってか原作は、二十万部を超えるヒット作となっているのだ。優れた作品が広範な読者を得たとは、まことにめでたいことである。

さらに個人的にも、『クリーピー』人気には、感慨深いものがある。というのも私は、日本ミステリー文学大賞新人賞の下読みメンバーのひとりとして、選考にかかわっているからだ。いや、それどころではない。作者はデビューするまでに、幾つものミステリー新人賞に作品を応募しており、少なくない作品を読んでいたのである。ミステリー関係の新人賞の下読みをしている人の間では、前川裕の名前は、有名であったのだ。

　では、その当時の前川作品の評価は、どのようなものであったか。端的にいえば、あと一歩である。キャラクターは、きちんと出来ている。ミステリーとしての謎や、小説としての構成も考えられている。応募される作品は、常に一定の水準をクリアしており、二次選考や最終選考に残るだけの力が示されていた。ただ、長篇でシリーズ物を送ってきたり（新人賞でシリーズ物を送られてきても、評価に困る部分がある）、ちょっと書き方に甘いところがあったりと、あと一歩が足りなかったのだ。

　それが『クリーピー』で、クリアされた。二次選考に参加した下読みメンバーのほとんどは前川作品を幾つか読んでおり、私も含めてすべての人が、いままでの中で一番よい作品だと認めたのだ。だから自信を持って最終選考に上げたし、受賞決定の報に喜んだものである。

　以後、作者は『アトロシティー』『酷　ハーシュ』『アパリション』『死屍累々の夜』『イン・ザ・ダーク』、そして『クリーピー』の姉妹篇となる『クリーピースクリーチ』と、長篇ミステリーを次々と刊行。現在の人気へと至るのである。新人賞投稿時代から前川作品を知る者としては、まさに『クリーピー』以前・以後といいたくなってしまうのだ。

さて、こんな風に書いていると、『クリーピー』以前の作品が気になる読者もいることだろう。そんな人にお薦めしたいのが本書『深く、濃い闇の中に沈んでいる』だ。デビュー以前の二〇〇五年二月に文芸社から『人生の不運』のタイトルで刊行された作品集である。収録されているのは「人生の不運」「人生相談」の二篇。「人生の不運」は、ひとりの女性の死を巡る物語だ。

軒を接するように建っている、ふたつの借家。その片方に住んでいた、井田菊江という女性が死んだ。生活保護と彫金の細工物を作って暮らしていた、陰気な女性だ。警察は自殺で片付け、それで終わるはずの事件だった。しかし隣の借家に住む、大学院の学生の高島は、自分が何か知っているのではないかと思い込んでいる、周囲の不躾な好奇心に辟易する。隣人だといっても、ほとんど接点はなく、迷惑なだけである。だが、東京とは名ばかりの田舎の陰湿な空気の中から、殺人の可能性が浮かび上がってくる。そして高島は、思いもかけない真実を知ることになるのだった。

前川作品の特色に、物語全体に漂う粘着質な恐怖がある。日常がどす黒い何かに侵食されるような不快感。それを覚えずにはいられない。本作もそうだ。隣人の自殺という事件が、不愉快な空気を伴って、主人公にまとわりつくのだ。しかもラストの意外な真実で、高島はとどめを刺される。デビューする前から、前川作品の本質は変わらないことを実感し、感慨にふけってしまうのである。ミステリーを読みなれた人なら、ある物が出てきた時点で、事の真相に気づくかもしれない。でも、それが分かっても先を読まずにはいられない、面白い作品なのだ。

また、「テレビから、成田空港近辺で衝突する機動隊と学生たちの乱闘の模様を伝えるニュースの音声が低く聞こえてくる」などの文章から理解できるように、本作は過去の昭和時代が舞台となっている。これと高島の、大学院でイギリス文学を研究しているという設定に留意したい。周知のように作者は、法政大学国際文化学部の教授であり、比較文学とアメリカ文学を専門にしている。イギリス文学とアメリカ文学という違いはあるが、おそらく高島には、なんらかの形で学生時代の作者が投影されているのであろう。そのあたりを読み取ってみるのも、ファンならではの楽しみである。

続く「人生相談」は、あちこちの人生相談に、架空の相談を送る男が主人公。なぜ男は、そのような行為をするのか。男の過去が綴られると、しだいに吝嗇な妻と障害を抱えた息子に対する複雑な心情が見えてくる。陰鬱な空気は本作でも、最初から最後まで充満。ネタバレになるのでこれ以上は詳しく触れないが、やがて意外な事実が明らかになり、終盤で男の置かれた状況も晒される。そして、事実と真実の狭間で悶えるような、主人公の肖像に強く惹きつけられるのだ。

たしかに二作とも文章が硬かったり、ミステリーの仕掛けが予想しやすいなど、若書きの部分はある。だが、現代人の心の暗渠を、ミステリーの手法で抉るという、前川作品らしさは、すでに横溢しているのだ。倦まず弛まず執筆を続け、『クリーピー』へと至った作者の軌跡。本書は、物語の魅力だけでなく、それを辿るときに見逃すことのできない、重要な意味を持つ一冊なのである。

本書は、二〇〇五年三月、弊社より刊行された『人生の不運』を改題し、加筆・修正のうえ文庫化したものです。

この作品は、フィクションであり、登場する人物や団体は、実在するものとは何の関係もありません。

文芸社文庫

深く、濃い闇の中に沈んでいる

二〇一六年八月十五日　初版第一刷発行

著　者　前川裕
発行者　瓜谷綱延
発行所　株式会社　文芸社
〒一六〇-〇〇二二
東京都新宿区新宿一-一〇-一
電話　〇三-五三六九-三〇六〇（代表）
〇三-五三六九-二二九九（販売）

印刷所　図書印刷株式会社
装幀者　三村淳

ISBN978-4-286-17758-8